AF211218

Blåljusens främmande baksida

Alexander Hellström

Blåljusens främmande baksida

–

En övernaturlig skräckantologi i polismiljö

Automatiserad teknik vilken används för att analysera text och data i digital form i syfte att generera information, enligt 15a, 15b och 15c §§ upphovsrättslagen (text- och datautvinning), är förbjuden.

© 2024 Alexander Hellström

Förlag: BoD · Books on Demand, Östermalmstorg 1, 114 42 Stockholm, Sverige, bod@bod.se
Tryck: Libri Plureos GmbH, Friedensallee 273, 22763 Hamburg, Tyskland

ISBN: 978-91-8057-829-5

Detta verk är i sin helhet fiktivt och eventuella likheter med verkliga personer, platser och händelser är fullständigt oavsiktliga

Bakom samhället finns en del av det som inte syns för alla; en del av brott, våld, död och elände. Blåljusens del. En del som förvaltas av de tusentals, som någon gång valt att upprätthålla lag och ordning under sin vakna tid, de som dag efter dag, natt efter natt kämpar för ett människoöde i taget. Men blåljusens del har en främmande baksida, som inte syns för alla av de tusentals. På den främmande sidan kan inte allt förklaras. På den främmande sidan kan inte allt förstås. In i den främmande sidan får endast ett fåtal ofrivillig inblick. På den främmande sidan gäller andra regler.

"De vidriga döda ögonen"
Stefan, polisassistent

"Lägg dig ner!" Den skäggige farbroms stinkande andetag slår mig som en våt trasa i ansiktet varje gång han kämpar emot. "Lägg dig ner sa jag!" Gubben ger sig inte, han är lika bestämd på att ta sig loss från mitt grepp som jag är på att han ska ner på backen. Olyckligt nog för honom är jag ung, pigg, nykter, vältränad och i princip allt annat han inte är. Jag har dessutom sällskap av en kollega.

"Skärp dig nu och gör som vi säger!" Min kollega för natten, Peter, håller gubben i ett lika fast grepp på höger sida och så här en kvart in i ingripandet är ingen av oss särskilt road eller imponerad av hans envishet.

"Släppme, föfaan!" sluddrar gubben, samtidigt som han gör ett tappert försök att sparka mot oss. Det går inget vidare, inte för honom. Sparkarna ger oss läge för en balansbrytning och med en välförtjänt duns tar gubben i asfalten, tätt följd av mig och Peter på varsin sida om hans rygg.

"Vad sa du att du hette?" Jag frågar andfått medan jag letar fram handfängsel från bältet. Inte för att jag på något sätt bryr mig om vad den stinkande, bråkiga, uppkäftiga gubben heter, men för det allra mesta är det värt att i alla fall försöka föra en konversation, för ordningens skull eller så.

"Du, du..." mumlar han, "dra åt...fuck you! De kan jag säga till dig..." Det går ungefär så bra som jag hade tänkt mig.

"Mm," muttrar Peter med eftertryck, "har du nåt ID på dig?"

"Nä det har ja...har jag inte. Alltså," hostar han och vänder sitt nedtryckta huvud mot Peter så gott han kan, "du e schysst, men släpp då vafaan innan jag smäller till dig!" Fängslen klickar till runt hans klena handleder och med ett långt grymtande uttrycker han sin motvilja.

9

"Såhär," fortsätter Peter, så pedagogiskt någon kan orka efter två på natten, "vi kommer att hjälpa dig upp, sen kommer vi att sätta dig i vår bil..."

"Aa kör ni hem mig då eller?" Gubben avbryter med ett fånigt flin och försöker kränga till med kroppen, men blir lika snabbt avbruten av att Peter kramar om hans arm lite extra.

"Rolig du är," säger Peter något sammanbitet, "men när vi pratar är du tyst."

"Vi kommer att känna igenom dina kläder innan du sätter dig i bilen," berättar jag. "Har du något i fickorna jag eller min kollega kan skada sig på?" Gubben laddar en spottloska till svar som antagligen är avsedd för mig eller Peter, men det går ungefär lika bra som sparkarna. Jag har ingen större lust att känna igenom den minsta vrå av mannen på backen, eftersom han luktar som att han har sovit i en vinbox och tvättat sina kläder i kloakvatten men trots allt har jag än mindre lust att bli skuren, huggen, skjuten eller stucken av vad han eventuellt kan ha i fickorna. Och vi behöver fortfarande veta vad han heter. Jag drar på mig skinnhandskarna och börjar systematiskt genomsöka mannens kläder på min sida, fokuserad på uppgiften men ändå med tankarna på annat håll. Han verkar ha kommit till insikt med att det inte är han som bestämmer längre men fortsätter att kränga sporadiskt med kroppen, ungefär på samma sätt som en femåring som inte får äta godis till middag. Jag trevar försiktigt genom fickor och vrår och ger Peter en nickning att jag är klar, varpå han fortsätter på sin sida. Då han kommer till en av jackans innerfickor uttrycker gubben bestämt sitt ogillande med ohörbart mumlande, varefter Peter fiskar upp en liten kniv.

"Hördu," säger Peter till gubben med ett fullständigt humorbefriat tonfall, "jag förstår att vi är de största jävla idioterna du har sett ikväll, men du fick en mycket enkel fråga av min kollega alldeles nyss. Vad var det för fel på att bara säga ja?" Gubben hostar något obegripligt till svar och jag och Peter blir genast rörande överens om hur mycket vi ledsnat på hans beteende. Vi tar ett stadigt tag i varsin arm, häver mannens halvt lealösa kropp till stående och ledsagar honom till polisbilen. På vägen dit använder jag min fria hand för att hantera radiomonofonen vid höger axel.

10

"7230 från 3250, för kännedom lämnar vi i detta nu med gärningsmannen, hur ser det ut för er? Kom." Ett par sekunder senare sprakar ett svarsanrop fram.

"Det är taget från 7230, vi är klara med målsägaren och också på väg att lämna inom kort. Kom."

"Perfekt, vi ses därinne och bra jobbat, klart slut." I samband med att anropet avslutas bestämmer sig vår gubbe för att han har lite ork kvar att bråka med, så vi knölar in honom i baksätet efter bästa förmåga. En gång i tiden blev man utbildad i särskilda taktiska förhållningssätt och metoder när det gäller att hantera våldsamma personer, i verkligheten får man snarare ta vad som bjuds för att överhuvudtaget få kontroll på en situation. Tack och lov är det mitt i natten, annars hade det med all sannolikhet funnits en liten skara från allmänheten med synpunkter på att vi varit onödigt våldsamma. Jag personligen, med de allra flesta av mina kollegor tar gärna kritik, men folk har en obekväm tendens att skrika 'övervåld' utan att ha någon som helst insyn i orsaken till ett ingripande.

"Aaa! Tare luugnt," gapar gubben medan vi spänner fast säkerhetsbältet, "de gör ju skiitont ju!"

"Bete dig som folk då, vi gör ingenting i onödan, vet du."

"Jag ska anmäla dig, och dig...ooch...dig!" säger gubben medan jag går runt bilen och sätter mig bredvid honom, samtidigt som han pekar argt på mig, Peter och sedan mig igen. Jag verkar ha blivit hans favorit, vilken ära. Jag sätter mig tillrätta obekvämt nära hans stinkande kläder med höger arm på ryggstödet framför honom, förberedd på eventuella dumheter från hans sida.

"Varå," sluddrar gubben och nickar slött mot min arm, "du, du litar inte på mig e...eller?"

"Absolut inte."

"Meh, jävla trams, de e ju fan omänskligt att bete sig mot folk såhär!" Efter några år i tjänst har jag lärt mig att se det komiska i att ju värre en person beter sig, desto mer lättkränkt är deras integritet.

"Omänskligt?" Jag spänner ögonen i gubben, frågande och förbannad på samma gång. "Omänskligt var det för en halvtimme sedan när du jagade en kille samtidigt som du skrek att du skulle döda honom, när du kom ikapp honom knuffade du in honom i en vägg och knäckte hans näsa, sedan snodde du hans plånbok, spottade honom i ansiktet och sprang därifrån." Gubben är tyst i ett par sekunder innan han flinar hånfullt och blottar sina sjukligt gula tänder.

"Hittap...de där har du hittat på. Du tror att polisen alltid har rätt va? Fu...fju...you, fi...äh, du vet vad jag menar." Det händer en och annan gång att personerna som får äran att sitta höger bak i våra bilar inte luktar särskilt trevligt, men den här gubben måste ha ätit något alldeles extra till middag. Hans andedräkt, som dessvärre är riktad rakt mot mig eftersom han tittar på mig, skapar djupt obehag från näsborrarna och ända ner i magen. En sjuklig, tung och tät odör som i sällskap av hans extremt skitiga kläder får mig att fundera på om en omgång med högtryckstvätten skulle räcka till, eller om vi ska föreslå för stationsbefälet att skrota bilen rakt av.

"Jag vet precis vad du menar. Du kan vara tyst nu så blir det förhör på stationen istället."

"Ni som verkade bonda så fint där bak," hånar Peter skämtsamt medan han startar bilen.

"Mm, vi är bästisar nu. Du kunde köra snabbt, visst var det så?" Peter flinar till svar, samtidigt som bilen börjar rulla och en ny anropssignal ljuder från fordonsstationen.

"33-3250 från 30. Kom." Peter greppar fordonsstationens monofon med ena handen och svarar.

"Ja, 33-3250 lämnar Jakobsberg Centrum plus en gripen. Vi styr in mot Tingsvägen och kommer att skriva anmälan ihop med 33-7230 på rån, ofredande, våldsamt motstånd och brott mot knivlagen, okänt ID på gärningsmannen. Kom."

"Det är uppfattat från 30, strålande utfört och jag lägger in er på avrapportering. Tack och klart slut." Peter lägger ifrån sig radioapparaten och fokuserar fullt på körningen. Den mycket glesa nattrafiken ute i förorterna underlättar vilket passar oss utmärkt. Dels

12

ser vi fram emot att få den kommande massiva avrapporteringen avklarad, helst utan övertid, dels och framför allt ser vi fram emot att slippa dela bil med min nya bästis Andedräkten. Gubben sköter sig förvånansvärt bra under transporten, inte ett ord och han stirrar duktigt in i nackstödet framför sig. Lukterna han tagit med sig ligger dessvärre kvar som en osynlig, olycksbådande dimma omkring oss i bilen. En dryg kvart senare genom natten är vi framme vid arrestintaget och med ett stadigt tag om varsin arm, släpar jag och Peter gubbens ömsom lealösa ömsom sprattlande kropp genom dörren och häver ner honom på en bänk.

"Jag hämtar stationsbefälet," säger Peter, "du håller koll på kompisen, va?"

"Du är extra rolig ikväll, märker jag, men du måste inte ta jättelång tid på dig." Jag drar en djup suck, vänder tillbaka blicken mot gubben och får en obehaglig rysning genom hela kroppen när jag ser hur intensivt han stirrar tillbaka på mig. Med en tom blick, som ändå är obekvämt intensiv och ett själslöst men ångestladdat ansiktsuttryck granskar han mig, på ett sätt som ger en helt ny innebörd av begreppet obekväm tystnad.

"Så, vi försöker igen, vad heter du då?" Jag räknar inte med att lyckas bättre än förra gången jag frågade, men vad som helst är värt ett försök mot att han ska sluta stirra.

"Du," svarar han med en dovt ekande röst, "hörru, du...när får jag tillbaks min kniv?" Som väntat, inget svar på frågan och han slutar inte ens att stirra. Två arrestvakter glider tyst fram bakom mig med ett set av urtvättade mjukisbyxor och t-shirt, våra gästers standardkostym och visar samtidigt att de är beredda på att hjälpa till om det skulle spåra ur. Lyhörda som de är förstår de att gubben vi har med oss inte är av det lugna, beräkneliga slaget.

"Du får ta av dig och sätta på det här istället, vi uppskattar om du gör det själv." Jag viftar med lånekläderna mot gubben, som fortsätter att stirra på mig och lägger till ett underligt, fånigt fnittrande vilket börjar kännas mer och mer obehagligt alltallteftersom. Förutom det är jag less på hela honom sedan länge. Innan jag eller vakterna hinner påbörja något är Peter tillbaka med stationsbefälet, som för natten är Ingrid Boberg. En hård men rättvis dam i 50-årsåldern, som har nära till skratt såväl som att hon inte tolererar

13

skitsnack överhuvudtaget. Hon marscherar bestämt mot oss, korsar armarna och tar en snabb titt på vår okände gubbe.

"Jaha," snäser Boberg med ett stenhårt tonfall, "fattar du varför du är här?" Han säger ingenting till svar och obehagligt nog släpper han mig fortfarande inte med blicken. Boberg tar ett raskt steg framåt, greppar tag i gubbens axel och trycker in honom i bänken. Något säger mig att det är fler än jag som hade haft en lång kväll. "Hallå," fortsätter hon lika bestämt, "du är gripen misstänkt för rån med mera, vi kommer att låsa in dig ett tag. Jag säger bara det här en gång men jag har jävligt dåligt tålamod med dålig attityd, så gör dig själv en tjänst och behåll den lilla värdighet du har kvar genom att byta kläder själv, men gör det nu annars kommer grabbarna här att hjälpa dig!" Boberg tar ett steg tillbaka, suckar tungt, korsar armarna på nytt och slänger en varsin snabb blick på mig och Peter.

"Jaha, förutom att han är dum i huvudet, vet ni ifall han har några sjukdomar som..." Gubben avbryter tvärt sitt vidriga stirrande och har plötsligt ett krampliknande tag om mina axlar med sina beniga händer. Han trycker sitt skitiga ansikte mot mitt så den motbjudande andedräkten kryper in genom mina porer, vilket ger mig rejäla kväljningskänslor samtidigt som han blottar sina kraftigt gula, förstörda tänder och väser sammanbitet till mig.

"Det är inte bara jag, det måste du förstå!" Hans grepp om mig är mycket hårdare än jag någonsin kunde tänka mig, med tanke på hur klent byggd och sliten han är. Han pressar sig mot mig närmare och tvingar mig att se honom i ögonen, en vedervärdig och rentav sjuklig upplevelse. Jag kunde inte tro att människan vi just gripit kunde bli mer motbjudande, men det var innan jag sett hans ögon. De är inte brännande som hos den påtände huliganen, inte iskalla som hos psykopaten som systematiskt förtrycker sin familj och inte heller tomma som hos den hemlöse som förlorat allt. Den här gubbens ögon ser döda ut. Inte livlösa som på ett bildligt sätt utan faktiskt döda. Grumliga, stela och sjukliga, som om jag stirrar en död och förruttnande fisk i ögonen. Ögonvitorna och irisarna är en matt sörja av gråa nyanser och pupillerna syns knappt alls men trots det, trots att jag sett faktiska lik med livligare ansiktsuttryck än gubbens, slutar han inte stirra. De vidriga, döda ögonen klistrar sig fast på mig, nästan så jag bokstavligt kan känna dem mot min kropp. En rutten blick äter sin väg genom mig och jag börjar känna ångest bränna i mina lungor. Min värld snurrar och gungar, jag känner mig kall på samma sätt som när man vaknar efter en mardröm och jag ser bara grått. Framför mina ögon finns bara samma grå smet som just stirrat mig djupt in i själen. Som från ett avlägset eko hör jag skriken från mina kollegor när de drämmer ner gubben i arrestgolvet och när rummet runt mig äntligen slutar snurra, inser jag att jag själv ligger ner halvt utslagen. Jag vaknar till, som efter en riktigt dålig fylla och ser i ena ögonvrån hur Peter och Boberg är i färd med att placera gubben i obekvämt men välförtjänt magläge. Jag ser dessutom att jag på något sätt hamnat nästan tio meter ifrån dem.

"Stefan, hörru!" En av arrestvakterna står plötsligt över mig. "Hur är det, kan du sätta dig upp?" Jag tänker på saken i ett par sekunder innan jag kommer fram till att det går fint, och ingenting snurrar längre. Peter och Boberg tar hjälp av den andra arrestvakten för att brotta på gubben sina lånekläder och sedan mota in honom i den närmaste cellen, efter det ansluter de till mig med raska steg och allvarliga blickar.

"Vad fan var det där?" frågar Peter med vänskaplig oro i rösten. Jag skakar på huvudet, som för att försöka skramla tankarna på plats och tar armbågarna till hjälp för att komma upp i sittande läge. Jag är obehagligt svettig i ansiktet, torr i munnen och fruktansvärt trött när jag möter Peters välmenande ögon.

"Jag..." tvekar jag, samtidigt som jag funderar på vad fan det egentligen var. "Jag mår nog inte helt bra, faktiskt." Boberg spänner sina mest skeptiska ögon i mig och suckar. Hade jag inte känt henne hade jag aldrig någonsin uppfattat det som välmenande.

"Inte helt bra, faktiskt?" upprepar hon barskt och höjer ögonbrynen. "Hur många nätter har du kört nu egentligen?"

"Fjärde den här veckan." Jag drar en hand över min svettiga panna. "Mitt tips är att du avslutar för inatt och tar en sjukdag imorgon, se till att vila ordentligt för ärligt talat, du ser för jävlig ut. Kollegorna kan ta hand om skrivandet eller vad säger du?" Boberg tittar skarpt på min patrullkamrat på ett sätt som antyder att frågan egentligen redan är besvarad.

"Det vet du, Stefan, men låt bli att skrämmas sådär." Han räcker mig en hand och vi häver upp mig på benen tillsammans. Sedan tackar jag allihop för omtanken och ger mig iväg från från arresten.

"Och Hagberg," ropar Boberg till mig medan jag hasar bort, hon har en grej för att tilltala folk vid efternamn, "se över hur du lägger ditt schema, lite dagpass då och då skulle inte skada." Jag ger en tumme upp som svar och fortsätter bort. Bort mot omklädningsrummet, en varm dusch och kläder som inte luktade instängda fötter. Det är alltid något speciellt med att få av sig uniformen och i synnerhet skyddsvästen. Den gör det visserligen lite mindre livsfarligt att bli skjuten och skuren, men den andas inte. Inte ens lite. Det varma vattnet sköljer över min kropp, befriande och avslappnande. Jag låter mig lugnas av värmen och tankarna driver iväg, bort från elände, misär, skadade människor och de mest tafatta "skulle bara"-ursäkterna som i nio fall av tio kommer med ett fordonsstopp. Jag skakar på huvudet åt dumheterna många människor ofta bjuder på, toppat av kvällens absoluta stjärna vi just gripit innan jag kliver ur den ångande duschen och mot mitt skåp. Jag börjar dra på mig kläderna när jag än en gång känner en vag pust av gubbens ofattbara stank, samtidigt som bilden av hans overkligt sjuka ögon flimrar förbi. Jag sätter mig tungt på bänken bredvid skåpet, skakar på huvudet en aning hårdare och sneglar på mina uniformskläder. Om jag verkligen beskriver hur illa det är kanske uniformsförrådet går med på att bränna kläderna och ge mig nya.

"Jag skulle vilja gå hem nu"
Peter, polisassistent

När jag landar i utsättningsrummet är de flesta i turen redan på plats. Fem i fyra. Det finns två anledningar till att poliser är punktliga, ett är att man vill komma ut och jobba så fort som möjligt, två är att den som är sen blir pikad minst halva passet om att bjuda på fika. Alla runt bordet får en high five, som vi alltid gör, innan jag sätter mig bredvid gruppchefen Tina. Sist in i rummet efter två minuter är Ramin och Helena, som stänger dörren och Tina harklar sig överdrivet.

"God eftermiddag, vad trevligt att ni hittade hit igen. Jag tänker fatta mig kort som vanligt och det blir typ en repris på den gångna veckan. Bostadsinbrott i Täby, skottlossning i Åkersberga, nåt slagsmål i Bro och så vidare, ni vet ju själva. Högre makter har ju som bekant beslutat att vi ska fokusera på trafik, trygghet i centrummiljöerna och tillsyn i villaområdena. Det är ungefär precis det vi ska göra även ikväll." En projektor går igång som visar kvällens upplägg och patrullindelning. "Efter vi är klara här inne ställer vi upp en snabb trafikkontroll på Norrviksvägen, sen delar vi upp oss så halva gänget letar tjuvar runt villorna i Stäket och Kungsängen, resten letar fyllon, knarkare och självutnämnda slagskämpar i Jakobsberg och Bro centrum. Självklart hugger vi på allt omedelbart efter bästa förmåga, frågor?" Jag hojtar till och slänger upp en hand samtidigt.

"Ja, hur är det med Stefan?" Resten av turen börjar skruva på sig och mumlar samma oro till varandra.

"Fortfarande sjuk, han sa nåt om influensa."

"Äh," hånskämtar Helena, "sju Alvedon och en uppsträckning, sen är det bara att jobba."

"Bra idé," suckar Tina, "alla blir sjuka samtidigt och det lösa folket tar över de norra förorterna, så gör vi." Tina reser sig och suckar markerat, samtidigt som hon lägger en extra blick på Andreas, aspiranten som åker med mig och Helena ikväll. Andreas håller god min som andra kvällar, men halvvägs genom praktiken har det inte

17

gått jättebra för honom. Vi har alla varit där och det är fan inte lätt alla gånger, men visar man inte vad man kan är det ingen som ser att man kan och pressen bara ökar vartefter tiden går. Andreas går efter Helena, sträcker på sig för att få självförtroende. Jag går bakom och ger grabben en klapp på axeln, nickar åt honom att det kommer gå skitbra ikväll. Vi närmar oss garaget och radiobilen jag har saknat sedan igår. Min tur att köra ikväll, jag flinar lite för mig själv när jag tänker på det, hoppas att någon drar från den sega trafikkontrollen så man får dra på blåljus och sätta efter i 150. Alltid kul. Jag ser framför mig hur Helena stannar upp, lyssnar. Jag hör det också. Röster, skrik och ett jävla oväsen. Arresten ligger runt hörnet, bråk i arresten, nej nu jävlar kör vi. Innan jag själv rusar fram knuffar jag lite manande på Andreas. Först fram, kör på, in i smeten bara. Han hajar till och tar ledningen, jag och Helena hänger på, Helena ropar till resten av gänget att vi tar hand om det och ses ute på stan. Rösterna blir högre, starkare, mer desperata. Dörren till arresten far upp, vi kliver in och ser oss snabbt omkring.

"Där", hojtar Andreas och småspringer bort till andra änden av korridoren, till cell 12. Vakterna står där, tre stycken och ser väldigt på tå ut. Det gapas som fan ur cellen och luktar mer och mer som att det är fel på avloppet någonstans. "Vad händer?" frågar aspiranten, samtidigt som han ser ut att låtsas att det doftar rosor.

"Ja, det kan man ju undra," fnyser en av vakterna, "han började såhär för kanske tio minuter sen och har inte sagt ett vettigt jävla ord sen dess."

"Inte ett vettigt jävla ord sen han kom in, kan vi säga." Den andra vakten himlar uppgivet med ögonen. "Prova själv att prata med honom. Snälla." Andreas tar ett markerat kliv in i cellen med Helena tätt bakom sig, jag känner igen stanken, det sticker lite i ögonen.

"Hej, vad heter du då?" Andreas låter bestämd på ett lite osäkert sätt, som att han har något att bevisa. Gubben på britsen i cellen stirrar tomt på Andreas en kort stund, sen börjar eländet igen.

"Det är inte jag," gapar han och blottar sina vidriga tänder, "inte jag...inte jaaaag!" Andreas tar ett halvt kliv tillbaka och höjer en hand framför sig, Helena drar pepparsprayen.

18

"Men skärp dig," jag fnyser lite för det är längesen jag tröttnade på världens äckligaste pucko, "du låter ju precis som när jag brottade in dig häromdan." Gubben tar inte sina sjuka ögon från Andreas, som ser mer och mer redo ut att knyckla in honom i ett hörn i cellen.

"Inte jaaaag!"

"Men vad vill du?" Andreas står nästan på tå, jag står kvar bakom aspiranten och Helena. Fokus på situationen framför som kan urarta närsomhelst. Gubben i cellen reser sig, han ser panikslagen ut och kan knappt stå på benen, Helena höjer sprejen mot honom. "Du, sätt dig annars blir det jävligt obehagligt." Helena nästan längtar efter ett skäl att få spreja farbror.

"Inte jag, inte j..." Gubben fortsätter skrika, sen viker han sig dubbel och hulkar högljutt över golvet, inget kommer ut förutom mer av den hemska stanken. Han rycker upp, tar sats och springer in i väggen med huvudet först, låter som att han ska börja gråta. Han vänder om och springer in i andra väggen. Något knäcks, osäkert om det är väggen eller gubben. Cellen är inte stor, det går fort att springa in i en vägg fyra gånger. Andreas flyger fram och knuffar ner honom på britsen, han hostar högt och hamnar halvt upprätt i en liten hög. Näsblod droppar på golvet, Helena tar undan sprejen och ser nästan besviken ut. Andreas spänner av en aning, sneglar snabbt på mig och Helena och undrar lite vad fan som hände. Gubben andas tungt, väsande och tittar upp på oss, han ser rädd och nyvaken ut.

"Mitt namn är Arne Ekberg," han stammar fram sitt personnummer, "och jag skulle vilja gå hem nu."

"Vi måste ut, något här är mycket fel"
Alina, polisinspektör

Det är ingen hemlighet att polisyrket är mångsidigt. Det är ingen som helst hemlighet att det är upp och ner eller att det finns bitar man gillar mer än andra. Med det sagt är det ingen hemlighet överhuvudtaget att avrapporteringen är det drygaste av allt.

Tjänstekortet glider in i datorn och efterlängtat kaffe ångar välkomnande på skrivbordet. Skärmen blinkar till och jag är inne i utredningssystemet, redo att få eländet överstökat. Det är inte det att jag direkt längtar tillbaka till uniform och radiobil, men jag blev knappast polis för att sitta och skriva på dator halva arbetsdagen.

"Nå, hur gick det?" Lennart, en av gruppcheferna kikar förbi min plats. Han är inte helt lätt att ha att göra med alla gånger men en otroligt ruttad polis och vi brukar för det mesta vara överens om hur jobbet ska skötas.

"Hörd, daktad, topsad och inlåst igen. Knepig typ den där."

"Hallå, nyfiken härborta!" Carlos står vid sin plats och kränger av skyddsvästen, vapnet vilar fortfarande mot höften.

"Nej, en jävla pajas som rånade en kille utanför bion i Jakobsbergs Centrum inatt. Svamlar som få och var inte intresserad av någon advokat, börjar undra om det är psyket på S:t Görans nästa. Själv då?"

"Var just till beslaget med åtta kilo kokain från en lägenhet i Kungsängen."

"What? Var det inte hämtning till förhör du och Jocke åkte på, och var det inte för misshandel?" Ingen idé att bli förvånad egentligen, men ändå.

"Alltså, det roliga är att polaren som öppnade var själv så jävla stenad på cannabis att han bara 'Karim? Ja ja han sitter här kom in...' och mycket riktigt satt Karim vid vardagsrumsbordet och vägde kola. Vi kan säga såhär, på ett ögonblick gick de från att vara kamrater till att bli målskamrater." Ju mer Carlos berättar desto svårare får han att hålla tillbaka skrattet.

"Men vad är det här egentligen?" Jag kliar mig i huvudet och vänder blicken mot gruppchefen. "Vad säger du Lennart, får man vara så korkad?"

"Ja, det gör ju vårt jobb lättare i alla fall." Lennart är i allmänhet torr på ett sätt som gör att han ibland nästan blir rolig. "Jag ska lämna er ifred, ni verkar ha en del att skriva."

"Påminn mig inte." Jag stirrar tillbaka på skärmen, när som helst nu ska jag börja. Efter någon minut ser jag hur Anders kommer tillbaka. Han har pratat med jouråklagaren som inte helt överraskande beslutade att anhålla rånargubben, om inte annat för att hans identitet fortfarande inte är fastställd. I praktiken är det fruktansvärt okomplicerat att hantera en gripen eller anhållen person på en polisstation. Byta kläder, in i en arrestcell, låsa, klart. I verkligheten måste varje steg i processen dokumenteras noga i systemen. Varje steg tar en stund. Det är många steg. Tack och lov är det patrullen som står för själva gripandet som står för det mesta av drygskrivandet. Jag skriver rent förhöret med gubben, tittar på min kaffekopp. Tom. Går efter en ny, skriver en anteckning om att identiteten fortfarande är okänd, varför han inte vill ha advokat. Skriver några rader i ärendeloggen, drar i mig sista kaffet, klart. Mittemot mig suckar Anders lättat, klar med att registrera anhållningsbeslutet.

"Allvarligt talat," snäser han, "varför har man ingen ID-handling på sig? Varför rånar man folk? Varför vill man inte ha advokat när man rånat folk? Varför är det alltid 'alla andras' fel?"

"...och varför luktar man som baksidan av ett slakthus?" Det vänder sig långt ner i magen när jag påminner mig om den slemmiga stanken som verkade förfölja pajasen vart han än rörde sig i arresten. "Jag vet, det var ett antal fel på den där. Vad sa åklagaren?"

"Det vanliga. Vittnen, övervakningskameror, journaler, ordentligt förhör med målsägaren. Hon insisterade på att vi ska försöka få mer info från idioten själv och försöka sälja in en advokat, ska du eller jag?" Anders tonfall antyder att det är underförstått vad han vill.

21

"Eller så skickar ni in bombskyddet, snubben verkar ju vara en enda bio-hazard!" Carlos får allt svårare att hålla tillbaka sitt hesa skratt mot slutet av meningen. "Vad synd att vi precis drog in två nya gripna alltså, jag hade kanske hjälpt er annars."

"Mm, du hade ju det. Seriöst Anders, skit i det, vill gubbfan inte ha advokat ska gubbfan inte få någon advokat, man får ju välja själv om man är vuxen!"

"Dåså. Sjukhuset får de lösa på måndag, vittnen vet vi inget om ännu, övervakning finns ett par telefonsamtal bort..."

"Utmärkt, ut och åka då." Det är inte meningen egentligen att avbryta, men rastlösheten gör mig så förbannat otålig. Jag vill ut från kontoret, bort från datorn och skrivbordsstolen. Ut i friska luften, ut och träffa människor som inte luktar avliden soppåse. Jag kollar upp hemadressen medan Anders kilar förbi Lennart. Jobbet kommer med en hel del frihet under ansvar men gruppchefen vill ha koll på vad vi gör, speciellt om vi rustar på och drar ut. Brickan ligger i ena fickan, tjänstemobilen i andra. Skyddsvästen åker på. Vi går vanemässigt mot vapenskåpen, öppnar med kort och nyckel. Rustar på med tjänstevapen och OC, kompletterat med rakel och handfängsel. Anders envisas med att ta med batongen. Jag stoppar honom inte, jag bara konstaterar att den är åt helvete i vägen och att jag själv använt den exakt två gånger under mina sju år som polis. En gång för att slå in ett fönster och en gång för att skrämma bort en ko som parkerat sig på en större väg i Sigtunatrakten. Det gick bra en av gångerna. På väg ut till bilen gör jag ett nytt försök att ringa till målsägaren. Inget svar. Egentligen kan man ta ett sånt här förhör på telefon, men den här killen har inte gått att få tag på åtta gånger om sen rånet och utan ett målsägandeförhör blir vilken utredning som helst tungrodd. Skulle farbror andedräkt till exempel plötsligt hitta sitt pass, skulle antagligen anhållandet hävas utan en ordentlig berättelse från brottsoffret. Sen ogillar jag i alla fall telefonförhör och kommer som sagt gärna ut på stan.

"Tre telefonnummer och inget svar på något av dem på hela dan, vad säger man om det?" Jag sätter mig på förarplatsen och ger adressen till Anders, som sätter sig vid radion.

"Han är väl själv knarkare eller tjuv eller annan slags löst folk."
Anders sätter på fordonsstationen och håller in knappen för anrop,
samtidigt som han suckar uppgivet.

"Det finns människor som inte är emot oss vet du." Jag startar bilen
och flinar åt Anders vanliga misstro mot mänskligheten.

"Mm, men av någon underlig anledning har jag inte träffat dem
ännu." Anders kisar mot lappen jag gav honom och ser otroligt
skeptisk ut. "Ursäkta, vi ska alltså till Jordnötsgränd?" Jag laddar en
motkommentar till varför jag tror att Anders bara träffat personer
med negativ inställning mot polisen, men avbryts av att radion ropar
upp oss och Anders lägger in oss på en händelserapport. Det är bara
då radion kan se att en patrull är ute på jobb och man kan larma om
något går åt helvete. Förhör med en målsägare bör inte vara
riskabelt, men det kan lika gärna skita sig på vägen eller vad som
helst och även om man är ute civilt kan det bli så fel om man
passerar ett slagsmål utan att göra något. Anders gör nya försök på
de tre telefonnumren och skakar utförligt på huvudet varje gång han
inte får något svar. Innan vi åkte gjorde jag en rutinmässig slagning
på killen vi är på väg till. 36 år, bor ensam, förekommer med ett par
trafikförseelser, inga vapen, inga kontaktförbud, ingen spaningsinfo.
Det borde verkligen inte bli riskabelt. Gubben kommer till mina
tankar igen. Blicken, vansinnesflinet, lukten. Den lukten. Jag skakar
av mig en våg av illamående och sätter fullt fokus på körningen. Hur
kan en människa låta sig bli så nedgången? Kläderna verkade stela
av smuts och personlig hygien kan inte ha varit på tapeten på
månader. Under min tid i uniform träffade jag, precis som andra
kollegor människor från alla samhällsklasser med varierande fysisk
och psykisk status. Sankt Görans sjukhus har varit ett återkommande
stopp, både till psyk- och beroendeakuten men även med det sagt är
gubben i arresten i en klass för sig. Till och med de mest psykiskt
instabila, tyngsta missbrukarna brukar förr eller senare lugna sig och
i alla fall säga vad de heter, men inte den här gubben. Det är svårt att
sätta fingret på men han har ett obehag kring sig. Ett obehag jag
själv tror inte skulle försvinna ens om han vore klar i huvudet,
vältalig och nytvättad. Ju mer jag tänker på fanskapet desto
tydligare minns jag hans uppsyn. Inte riktigt uppkäftig, inte riktigt
desperat, inte riktigt förvirrad och som han pratade och såg ut
verkade han mentalt frånvarande, men ändå inte. Och hans sjuka
jävla ögon fastnade på mig. Tomma ögon, glansiga. Jag minns inte
vilken färg, nästan som att de inte hade någon färg. Andedräkten

letar sig psykiskt in i mig igen och jag får svårt att andas. Minnet av en kväljande söt stank lägger sig i halsen, min puls ökar. Jag sväljer ansträngt.

"...i vanlig ordning med såna jävla typer, eller har jag fel?" Anders oklara raljerande hjälper mina sinnen på plats. Jag ruskar om huvudet och tar ett djupt andetag, allt känns som det ska.

"Beklagar, jag hängde inte helt med från början. Men jävla typer brukar du ju ha fel om, Anders." Han suckar och skakar på huvudet åt mig med ett halvt leende, samtidigt som jag kör in på Viksjöleden. Snart framme bland smågatorna med de lustiga namnen. Jordnötsgränd är en ganska kort och undangömd bit gata med en handfull fristående hus. Just här har jag aldrig varit på jobb vad jag minns och området ger ett lugnt intryck, men intryck har ju haft fel förut. Som den där gången för ett par år sedan i Vällingby Centrum när en fredlig, passiv demonstration för mänskliga rättigheter på något sätt urartade till ett våldsamt upplopp. Fyra papperskorgar började brinna. Jag parkerar ett stenkast från nummer 25, vi kliver ur bilen och blickar ut mot ett prydligt rött hus med efterhållen gräsmatta. Mitt på dagen och inga grannar syns till. Detta borde inte bli riskabelt. Jag går fram till dörren medan Anders tar ett varv runt huset. Jag ringer på, tar ett par steg tillbaka, håller andan och lyssnar. Ingenting. Inget ljud alls.

"Hallå, Pontus?" Myndighetsrösten ekar lite över Jordnötsgränd. "Det är polisen, är du hemma?" Anders stannar till vid varje fönster och gör sitt bästa för att kika in. Jag sätter örat mot dörren och lyssnar extra noga. Inte ett tecken på att någon skulle vara hemma.

"Pontus Wikman!" Jag knackar lagom hårt på dörren, det finns säkert grannar som stirrar i alla fall. "Är du där? Det gäller kvällen igår."

"Det är ju släckt överallt," ropar Anders från runt hörnet. "Rätt stökigt därinne men det skulle inte vara första gången."

"Det skulle inte vara första gången någon sover på en lördag heller. Eller jobbar, se på oss liksom." Jag fortsätter lyssna genom dörren, Anders är på baksidan på väg tillbaka mot mig. "Jag gör ett till försök på telefonen." Jag slår numret, signaler går fram. En olustig känsla sprider sig, även om det kan finnas mängder med anledningar

24

till att Pontus inte svarar. Ett vagt ljud sprider sig inifrån huset, ett rytmiskt surrande ljud. Vibrationerna från en mobil på ljudlöst. Efter tio signaler lägger jag på och sätter örat spänt mot dörren. Inte ett ljud, inte ett enda steg eller andetag. Det känns mer olustigt. Mängder av anledningar, detta borde inte bli riskabelt.

"Pontus!" Myndighetsrösten är mycket starkare och jag knackar hårdare. Ett andetag fastnar i halsen och vågor av en grå sörja blinkar förbi mina ögon. Olustigt, mycket olustigt. Jag ringer igen. Ett ljudlöst surrande ekar på nytt genom dörren.

"Knappast första gången man inte är hemma när vi kommer på besök heller." Anders rycker på axlarna när han kommer tillbaka från sitt varv runt huset.

"Det är något annat." Jag har inget belägg för det, men känslan börjar långsamt äta mig inifrån. Något är mycket fel. Jag trycker mig närmare dörren och håller andan. Kallsvetten bryter långsamt ut i pannan och nacken. Anders vinkar hastigt med brickan åt förbipasserande, stirrande grannar. Mina ögon känns uppspärrade, jag kan höra mina hjärtslag. Det är kallt, det är varmt. Jag hör ett annat ljud. Väsande, skrapande, rosslande. Något som skulle kunna vara steg. Jag vill ropa igen men namnet kommer inte fram, mina ben blir tyngre.

"Alina, titta!" Anders vinkar mig till fönstret han står vid och pekar mot något som plötsligt blivit uppenbart inne i den mörka tystnaden. Från fönstret ser man in i köket, fullt av smutsig disk och sunkiga gamla prylar. Efter köket kommer en hall som inte är mer än en större korridor, därifrån en trappa som leder till övervåningen. Halvt över hallen och upp över ett par trappsteg ligger något. Något stort. Det är svårt att se detaljer från fönstret men det har formen av en kropp. En arm lyfter sig, kravlar upp för ett steg, blir orörlig igen. Jag kan höra det skrapande ljudet igen, mår illa långt ner i halsen. Jag kisar för att se. Det som borde vara huvudet rör på sig, försöker se sig om. Jag kastar mig tillbaka mot dörren. Bankar hårt, skriker fram namnet. Kroppen vid trappan reagerar inte. Mitt huvud snurrar till för ett halvt ögonblick, jag sliter i dörrhandtaget. Detta borde inte bli riskabelt, men något är mycket fel. Anders kliver fram, riktar en spark som för att rädda liv. Inget händer. Jävla säkerhetsdörr. Jag hör tunga andetag, kroppen vid trappan sjunker ihop ännu mer. Vi går mot köksfönstret och Anders tar ut sin batong, jag himlar med

25

ögonen utan att ens tänka på det. Ett slag, två slag, glas flyger in i köket, man får göra så här om det gäller att rädda liv. Men något är mycket fel. Vi häver in oss genom fönstret och gör vad vi kan för att undvika glaskrosset på fönsterkanten och på köksgolvet. Jag gör mig redo att larma på radion och tittar samtidigt mot trappan. Ett andetag fastnar i halsen, rummet känns snett. Var fan är kroppen?

"Pontus!" Myndighetsrösten krackelerar lite genom huset. Detta borde inte bli riskabelt, jag är inte rädd men något är mycket fel. Ett vanligt jobb men ändå inte. Jag närmar mig trappan, taggarna utåt, det känns som att jag faktiskt går på tå. Vart fan tog han vägen? Var det där Pontus? Det skrapande ljudet kommer tillbaka. Framför mig, bakom mig, inuti mig. Jag rör mig längre in i huset, kommer till ett vardagsrum efter hallen. Också stökigt, smutsigt. Något med hela huset är äckligt. Det skrapar högre, knarrar i huvudet. Anders går bakom mig, fokuserad på uppgiften och oberörd vad jag kan se. Hör han inte? Känner han inte? Jag mår illa igen, vacklar till. Från vardagsrummet kommer man till två mindre rum, ett på varje sida. Känslan blir starkare, ljudet av tunga möbler som släpar mot trägolvet. Jag viker av mot rummet till höger, Anders stannar i dörröppningen med ett öga bakåt och mot trappan. Illamåendet kommer i täta vågor ner i magen.

"Här," säger jag ansträngt till Anders med svettig panna och nickar mot dörren. Vi är beredda, en hand på vapnet utifall att. Det borde inte bli riskabelt. Vanligt jobb. Jag rycker upp dörren och vi flyger tillbaka ett par steg. Inte ett ljud inifrån rummet. Jag tar en första kik in runt hörnet, ser ingenting. En ohygglig stank sköljer över mig, kittlar hela mitt inre. Jag kan inte hålla tillbaka längre, hinner precis till vardagsrummets hörn och häver ut mitt maginnehåll med ett högt stönande.

"Alina, vad fan?" Anders kommer fram till mig, äcklad och bekymrad. "Vad är det med dig?"

"Vi måste ut..." Jag hostar surt hängd över min massiva spya. "Något här är mycket fel." I andra änden av vardagsrummet slits en annan dörr upp. Han är naken, slemmig över kroppen, snabb för att ha varit medvetslös alldeles nyss. Med ett vansinnigt, sjukt vrål kastar han sig mot oss. Stinkande drägel flödar från munnen, fotspåren efter honom är delvis blodiga. Med smaken av min egen spya kvar i munnen kan jag inte annat än att fastfruset stirra tomt framför mig,

26

när kroppen som legat vid trappan plötsligt trycker sin kletiga hud mot min. Jag tvingas stirra rakt in i ögon som inte riktigt är ögon. Jag kräks igen. Över den slemmiga kroppen, över mig själv. Han flinar onaturligt stort, gillar det. Han tar tag om mina kinder och vrålar mig rakt i ansiktet, en andedräkt av sopor och avlopp. Jag vet inte om ljudet eller lukten är värst nu, intrycken blandas. Jag hamnar på golvet, antagligen. Anders skriker något, vet inte om det är till mig eller den andra, jag hör rösten som om jag är under vatten. Framför mina ögon ser jag bara grått slem som flyter trögt omkring, samtidigt som en knakande smärta sprider sig över mina armar.

"Miranda, Yasmina, var fan är ni?"
Ingrid, poliskommissarie

"Polisen." Först är det tyst i telefonen, de skulle bara veta hur snabbt jag tröttnar på sånt. "Hallå du har kommit till poli..." En sluddrig röst med oklar brytning börjar pladdra och jag uppfattar nästan ett namn. "Du, vänta lite nu vad sa du att du vil..." Jag ställer mig upp, någon i det här telefonsamtalet är dum i huvudet. "Du där, knip igen nu och lyssna på mig! Nej det kan jag inte berätta, det är en pågå..." Jag uppfattar något i stil med 'dålig service' och 'rättigheter'. Sådär ja, då är vi snart klara. "Tror du att du har kommit till nummerupplysningen eller? Du kan få vara vems jävla polare du vill och vad sa du att du hette? Pågående utredningar är sekretessbelagda, adjö!" Jag använder inte headset, halva grejen med det är att kunna smälla på luren när någon är dum i huvudet i telefon.

"Blev han kränkt eller?" Gustav tittar upp från sitt skrivbord och småflinar.

"Ja det hoppas jag verkligen. Ringer polisens stationsbefäl och beter sig som ett annat mähä, hur jävla full som helst och bara fnittrar när jag frågar vad han heter. Sen 'kräver' han att få veta 'allt' om varför hans kompis sitter anhållen. Jodå, mycket tråkigt om han blev besviken."

"Vem var det han frågade om då?"

"Kan man ju undra, vi kom aldrig så långt förbi skitsnacket." Jag bläddrar i en pärm och tar en slurk ur kaffekoppen, noterar att klockan inte är mer än halv fem och det är ungefär hundra timmar kvar på kvällen. "Det är fem som sitter just nu. Två snubbar i samma narkotikaärende, nån vanlig hustrumisshandlare, en liten tjej som förde ett jävla liv på stan och så det där miffot som vägrat tala om sitt namn på tre dagar." Jag suckar med eftertryck. Jag menar verkligen miffo.

"Han som du fick vara med att brotta in i cellen?" Gustav skakar till i ansiktet, han har också känt hur miffot luktar.

28

"Ja precis. Idioter har man ju varit med om förut, pundare och psykfall också, men den där var fel på så många sätt. Jag fick tvätta kläderna tre jävla gånger innan lukten började gå ur."

"Du skulle ha bränt dem istället, hände mig en gång. Du blir inte lite sugen på att komma tillbaka till radiobilen då?" Gustav flinar fånigt, jag antar att han driver med mig.

"Du, jag är förbannat nöjd med att det är tio år sen jag behövde köra fyllon över halva stan och plocka upp resterna av folk på motorvägen, tack så mycket!"

"Amen to that!" Gustav lyfter sin kaffekopp mot mig innan det är hans tur att svara i telefon. Låter som ett internt samtal, låter som någon han känner. Jag sjunker ner i stolen, tillbaka till korsordet. Det låter som ett jävla liv runt hörnet, vad skönt att arrestvakter och larmknappar finns. "Världens minsta huvudstad" nio bokstäver... Fan vad det dunsar, hoppas det är någon som förtjänat det där inne. Men här då, "Många på stranden" fem bokstä... Min telefon avbryter igen. Helvete då.

"Ja det var polisen." Det är tyst först, igen. Jag tar sats för att be vederbörande skärpa till sig, sen kommer det ljud i luren. Snabba andetag, snyftande. Något är fel på riktigt. Det låter inte som en vuxen människa. "Hallå, vad heter du?" Jag gör mig så tålmodig jag kan, reser mig upp. Detta kan vara precis vad fan som helst. Det kommer ord bland snyftningarna, låter som en flickas röst.

"Miranda...kan du hjälpa mig snälla?" Hon darrar på rösten och det låter som tunga steg i bakgrunden. Vem fan kopplade henne hit? "Ja Miranda jag ska hjälpa dig, var är du någonstans?" Stegen låter tyngre, om det alls är steg.

"Hh-hemma. Kan du komma hit, pappa är jättekonstig."

"Var är hemma?" Miranda viskar så tyst att det gör ont. Snälla lilla hjärtat ge mig en adress, vad som helst.

"Jag har gömt mig, i badrummet...nej...nej...sluta!" Det låter närmare, det är inte steg längre. En vuxen röst ropar flickans namn och det rycker i dörrhandtaget. Är han full eller vad fan är det här?

"Miranda var bor du?" Jag spänner mig för att inte skrika på flickan men en patrull måste dit genast. Riktigt jäkla fort måste det gå.

"I...i Vällingby. Snälla, mamma har jätteont..."

"Och vad heter gatan?" Jag slår 112 på mobilen samtidigt som jag kladdar ner numret från telefonens display på en lapp. Det brusar i örat, vad fan säger hon? Jag spänner hela huvudet för att höra, hon skriker till. Det är sådär högt bara en liten livrädd flicka kan skrika, jag hör hårt bankande också. Jag ropar flickans namn flera gånger innan samtalet bryts, luren åker åt helvete och en operatör svarar i mobilen. Jag gör mig snabb och forcerat övertydlig, säger att det är från polisen och uppger numret Miranda ringde ifrån. Finns i systemet, snälla numret finns i systemet. De skickar en patrull, jag blir lite, lite lugnare, ber om återkoppling och lägger på. Jag suckar tungt och sänker sista kaffet, stirrar in i väggen en stund. Gustav stirrar på mig med hoptryckta ögonbryn.

"Ingrid, vad fan var det där?"

"Ja det kan man ju undra." Jag undrar verkligen.

"Och varför kom det samtalet till dig?"

"Det kan man ju verkligen undra. Kan du tänka dig vilket långt mail jag ska skriva till ansvarig på kontaktcenter?" Gustav fortsätter stirra, nu med någon slags förväntan som jag snäser bort. "Ja inte nu givetvis!" Han skrattar torrt och reser sig, frågar om jag också vill ha mer kaffe, jag förklarar att det var hans bästa idé hittills. Jag plockar upp pennan och gör ett nytt försök, stirrar på de små rutorna. Hur svårt kan det vara? "God och taggig" tio bokstäver, börjar på E. Jag hör snabba steg närma sig, bäst att det är Gustav med mitt kaffe och absolut ingen annan. Vem har gjort det här korsordet? "God och ta..." Plötsligt står någon som absolut inte är Gustav framför mig, han stirrar som om han verkligen vill något. Jag stirrar tillbaka, ser silverklaffarna. Hej och hå.

"Ee..." börjar han. Jag försöker vara lite tålmodig, men det är svårt eftersom jag inte har någon lust med det.

"Nå? Ut med språket för all del." Aspiranten skruvar på sig, ser ganska stressad ut.

30

"Jo...han som sitter anhållen för det där rånet, eh..."

"Miffot?" Gustav kommer tillbaka och avbryter i rätt tid, speciellt eftersom han har kaffe med sig.

"Ja...precis." Aspiranten instämmer på ett osäkert sätt och försöker sträcka på sig. "Vi vet vem han är, och han behöver en läkare."

"Hurså, vad har du gjort med honom? Det är nästan en allvarlig fråga men mest skrämmer jag honom lite.

"Han har brutit näsan. Alltså han gjorde det själv."

"Jaha, så bra. Jag hade förstått om det var du. Vad heter miffot då?"

"Arne Ekberg, född -58 och han vill ha en advokat."

"Kors i taket, då hade han ju ett par hjärnceller trots allt. Lås in honom igen så fixar jag resten, jouren får höra honom sen." Aspiranten nickar osynligt och stressar fram ett tack innan han försvinner runt hörnet igen. "Och...bra jobbat du!" Jag ropar efter honom, oklart om han hörde. Jag sjunker ner i stolen. Igen. Tar fram pennan. Igen.

"Du lär dig." Gustav flinar kort och lyfter sin kopp mot mig.

"Vadå? Det händer att jag säger åt kollegorna när de gör något vettigt."

"Jo, det är du känd för, vi säger så. Varsågod för kaffet förresten." Jag är tyst en stund innan jag suckar ordentligt.

"Nu håller du käft och låter mig lösa mitt korsord."

31

"Miranda, Yasmina, var fan är ni?"
Mikko, polisinspektör

Radion går någonstans i bakgrunden. Jag hör knappt, hör knappt sirenen heller. Måste köra fort. Måste ha koll på vägen, ratten samt alla förbannade klantskallar som varken kan köra bil, gå eller cykla ordentligt. Måste ha koll på adressen, måste också fokusera på uppgiften.

"Vad var adressen igen?" Jag skriker nästan på Johan för att överrösta allt oväsen.

"Fjällnäsgatan 12 och Mradic på dörren, det ska bo tre personer på adressen. Yasmina som verkar behöva hjälp, Tomas som verkar behöva gripas och Miranda sju år som verkligen verkar behöva hjälp." Jag kör oss genom Vällingby centrum och förbi polisstationen, husen blinkar i blått. Det är inte långt kvar, jag har varit på Fjällnäsgatan förut. Där är det radhus och det underlättar när man ska storma fram och rädda liv. Bråk i bostad åker man på i stort sett varje pass och det är alltid lika bråttom tills man vet, men finns där barn blir det genast en jävla skillnad. Jag kör kanske lite snabbare än vanligt, håller lite hårdare om ratten, tänker på min egen dotter som jag har en skyldighet att komma hem levande till varje dag. Det kommer fler klantskallar. Ut ur Solursgaraget ska de, utfartsregeln fattar de inte, hörselskadade och färgblinda är de tydligen också. Johan fortsätter upprepa information, nu har radion försökt ringa upp flickan sex gånger. Ingen av föräldrarna finns i något register, grannar börjar höra av sig. Jag slirar in på Fjällnäsgatan, en bit bort från centrum känns småvägarna lite mörkare på något sätt. Pulsen går upp, snart framme, snart vet vi. Gatan är kort, husen flimrar förbi. Jag tvärnitar vid nummer 12, ut ur bilen fort som fan. Det är mörkt, det är tyst, kunde lika gärna varit mitt i natten, inte en käft ute. Pulsen går upp, Johan hämtar brytjärn och sjukvårdsväska från bakluckan. Vi nickar snabbt mot varandra, tar spjärn mot marken och rusar mot huset. Inga lampor är tända. För mörkt, för tyst. Ett skrik är ändå ett livstecken. Kommer vi att behöva bryta dörren, räcker det kanske med en spark, eller är detta bara något för socialtjänsten? Jag ska just trycka på radion och fryser till, stannar tvärt, hojtar till åt Johan att göra detsamma. Hade man inte varit så spänd på adrenalin och hade inte gatan varit så förbannat tyst hade man antagligen inte alls hört ljudet av ett låsvred klicka till. Dörren går upp, någon står i dörröppningen. Svårt att se i det förbannade mörkret men en vuxen människa är det i alla fall.

"Hallå där, få se dina händer!" Jag ryter till, kanske lite starkare än vanligt. Inga händer kommer fram, gestalten rör sig inte överhuvudtaget. "Hördu, är det du som är Tomas eller?" Ett väsande ljud sprider sig, säkert bara vinden. En fot sätts slött framför en annan, figuren släpar sig fram. Jag sneglar mot Johan, han smyger fram pepparsprayen och gör ett eget försök att resonera.

"Stanna där du är och ta fram händerna, vi vill bara prata med dig." Det väser högre, grymtar, det låter nästan som en mansröst. Han stannar inte där han är, släpar benen efter sig. Hela kroppen vacklar, är han skadad eller och vad fan låter han som? Johan skriker åt honom att stanna igen, han grymtar högre och börjar hyperventilera. Vinden viner mellan radhusen, det känns kallt innanför huden och min hals blir torrare. Det vacklande åbäket kravlar närmare och börjar hosta vidrigt, något mörkt och tjockt rinner ur munnen. Missbrukare? Är han sjuk? Vad fan är det som händer?

"Tomas, det är polisen, nu gör du som vi säger innan det blir otrevligt." Han hasar närmare, ser ut att falla ihop som en påse sopor när som helst. Lite närmare oss är det lite mer upplyst, han börjar hasa snabbare, börjar lyfta sina armar. Jag är spänd, beredd på allt och ingenting. Ljuset från den sunkiga gatubelysningen faller sakta över det som kanske är Tomas Mradic. Pulsen stiger, igen och igen. Byxorna är sönderrivna, ena skon är borta. Han ser ut att ha en mörk tröja på sig, jag blir mer spänd. Han kommer närmare, har ingen tröja på sig. Det mörka är blod, torkat och utsmetat över hela överkroppen. Ljuset faller över ansiktet, mörkt klet rinner från mungiporna och ner över halsen. Inte bra, vad fan är det här? Jag sneglar åt sidan, ser ut som att Johan tänker ungefär samma sak, ser ut som att han är lika spänd.

"Tomas, stanna genast och sätt dig ner!" Johan skriker med stel röst och letar mot höften med ena handen. "Vi vill inte behöva skada dig!" Jag släpper inte Tomas med blicken, jag kan tänka mig att skada honom. Något blänker till i lampskenet, Tomas har börjat visa händerna och han rör sig närmare, han är målmedveten men benen verkar inte egentligen fungera. Han stirrar på Johan, stirrar på mig.

Det är svårt att se hans ögon men lätt att se vad de vill. Det blänker till igen, börjar kännas som en skev mardröm.

"Johan, kniv!" Varsin hand går mot varsin höft, min hinner före. Tomas vrålar över gatan så det mörka stänker omkring honom, han har en ordentlig kökskniv i varje hand och de är båda är våta av blod. Han rusar framåt på ben som ser trasiga ut, det är svårt att se vem av oss han är på väg mot och jag tror inte han vet det själv. Åtta meter kvar...sju...sex...hela världen saktar ner. Plötsligt är vapnet i min hand. Plötsligt är vapnet riktat mot Tomas. Hans vrålande, kladdiga ansikte kommer allt närmare, det enda jag ser i hela världen just nu förutom två stora knivar. Tanken på min dotter blixtrar förbi. Jag hör en smäll, en duns och sedan tystnad. Jag står som fastfrusen en stund, stunden känns som en halvtimme. Jag tittar omkring mig, tittar på Johan, hölstrar vapnet. Undrar för mig själv hur mycket publik vi kommer få av det där. Johan är snabbt framme till kroppen på marken, "livlös" ropar han till mig. Jag vaknar till och springer fram. Tomas ligger på rygg, han har ett hål i bröstkorgen nu. Johan larmar på radion, vi behöver ambulans och fler patruller, spärra av och säkra spår. Något slår oss båda samtidigt och vi vaknar till lite mer. Vi är inte klara, vi har inte ens börjat, två offer finns därinne. Jag går in först med Johan tätt bakom mig, det borde vara säkert, hotet ligger i en hög bakom oss nu. Inne i huset är det ännu mörkare, vi går tyst och långsamt, lyssnar efter steg eller andetag eller vad som helst. Vi går igenom den lilla hallen, jag hittar en lampknapp. Vardagsrummet tänds upp, det är stort, vi ser oss omkring. Ingenting. Inte ett ljud, inget som rör sig. Det är rött och kladdigt över golvet, något har släpats fram. Jag känner mig kall, jag vill inte vara med om döda barn. Huset har en våning och det är inte många rum. För varje rum vi tar oss igenom utan att hitta livstecken blir jag lite kallare inuti och märken av blod finns här och var, ibland får vi akta dörrhandtagen för att inte förstöra spår. Miranda, Yasmina, var fan är ni? Vi har kommit längst in i huset, bara ett rum kvar. Intill ligger ett litet badrum, den blodiga dörren har lossnat från översta gångjärnet. Inga döda barn, inga döda barn. Dörren till rummet är på glänt, jag håller andan och puttar försiktigt på den, känner Johans andetag i nacken. Dörren tar emot lite, något ligger i vägen på andra sidan. Jag kikar in fort, kikar bort fortare.

"Vi måste...leta efter Miranda. Sen ska vi ut härifrån fort av helvete." Hitta flickan, hitta flickan. Jag trycker upp dörren, den avslitna kroppsdelen som blockerade dörren hamnar framför oss, det går inte att se om det är en arm eller ett ben. Vi letar överallt, rummet är inte stort, den stora sängen i mitten tar upp det mesta av golvet, den stora blodpölen tar upp det mesta av sängen. Minimal lättnad att det är en stor kropp vi har upptäckt, hade vi sökt efter två vuxna människor hade det fan inte gått att se vem vi hittat. Jag öppnar en garderob och trampar i blodiga hårstycken, ingen flicka. Johan tittar under sängen, anstränger sig för att tänka bort hur nära han måste ha ansiktet mot klumpen som kanske är en arm för att se ordentligt. Ingen flicka. Jag vänder om, ser i ögonvrån hur en förstörd arm i sängen fortfarande håller i en sax.

"Mikko, vi kan inte göra mer här. Vi går ut och spärrar av, de får ta hit en hund och leta efter Miranda." Johan klappar mig på axeln, ingen av oss var beredda på detta. Våra tidigare äventyr det här passet bestod av världens drygaste taxichaffis och en upphittad cykel. Helvete. Jag tänker på en trafikolycka jag var på för ett par månader sedan, två bilar i frontalkrock och tre döda, bilarna var det knappt mos kvar av ens. Det var det värsta jag hade sett, men sedan fem minuter är Yasmina Mradic det värsta jag har sett. Jag ser ut genom ytterdörren att det har börjat regna, fan också, det är ju där vi måste stå tills de andra kommer. Det och att spår försvinner, fan också. Jag suckar tungt, tänker på vad som helst för att gnugga bort bilden av Yasmina från ögonen. Regnet smattrar hårdare mot tak och fönster och vinden susar. Det ser vindstilla ut utanför, men visst fan är det vinden som låter. Det börjar knarra, är det också regnet? Nej det låter som att något rör sig i huset, kan det vara steg? Kan det vara Miranda? Jag känner mig hoppfull, inga döda barn, absolut inga döda barn. Ljuden blir starkare och kommer närmare, knarret är steg men är det andra vinden? Det väser, högre och högre. Jag vänder mig om, vänder mig om och vänder mig om, spetsar öronen. Miranda, var är du? Rummet blir genast kallare, det väser högre. Ingen vind, det låter för helvete som andetag. Jag vänder mig om igen mot dörröppningen, Johan vänder sig med mig.

"Vad fan är det som händer!" Min röst är trasig, jag vet inte vart jag ska ta vägen och undrar på riktigt vad fan det är som händer. Tomas Mradic står ett par meter från oss och gapar stort, väser och grymtar. I ljuset syns skotthålet ännu tydligare, mycket riktigt sitter det vid höger lunga. Stora skärsår har fördärvat hans ansikte, det verkar som att Yasmina fick till ett par träffar med saxen. Ögonen ser mörka ut, bokstavligt, han stirrar mest på mig och ser förbannad ut. Skulle jag nog också varit om jag blivit skjuten i bröstkorgen. Jag vet inte vad fan det är jag ser, vet inte vad fan det är som händer. Tomas närmar sig oss, hans rörelser är snabbare än förut. Släpande, ryckiga, ojämna steg och överkroppen krampar oförutsägbart. Den gapande munnen blir större och större, vad fan är det jag tittar på? Det är inte normalt, han måste ha fått en smäll på käften också. Min skalle är helt slut, vi måste ut härifrån, alla reflexer går igång samtidigt. Tomas vrålar och kastar sig framåt, rödbrun tjära kryper fram från munnen och ögonen på honom. Jag tänker på min dotter. Jag måste komma hem till henne, jag måste alltid komma hem igen.

"Du är säker nu, jag ska hjälpa dig."
Alina, polisinspektör

Tjänstekortet åker in i datorn igen, kaffet står och svalnar. Dags att skriva igen, det är alltid dags att skriva igen. Flyttar man bara på en jäkla sten ska det skrivas PM om saken. Jag hade gillat att skriva om en sten, det hade gått fort. Istället måste jag börja kvällen med att skriva en meterlång text om vad fan det var som hände på Jordnötsgränd i lördags. Man kan ju tycka att det räcker med Anders avrapportering, men nej då, funkar inte så. Spelar ingen roll att det han skrev om ingripandet var färskt i minnet sedan någon timme, jämfört med att jag sitter här tre jävla dagar senare, men okej. Jag tänker tillbaka på händelsen, det som från början var så basic som en tjänsteåtgärd kan bli. Ju mer jag tänker tillbaka desto mindre lust får jag att fortsätta, dels för att det var det vidrigaste jag varit med om i hela mitt liv, dels för att hur mycket jag än försöker kan jag inte greppa vad fan det egentligen var som hände. Jag inleder med att skriva om hur vi var tvungna att bryta oss in i målsägandens bostad, vilket tyvärr var det mest vettiga med hela situationen. Jag tänker tillbaka mer på Pontus, hur han såg ut, hur han luktade, hur hans händer kändes på...jag trycker undan tankarna igen, vill inte komma ihåg. Jag mår illa av tanken på Pontus Wikman och hans hus på Jordnötsgränd. Känslorna kommer tillbaka, kallsvetten, värken i musklerna. Min arbetsplats känns på något vis mindre än vanligt, ett kallt och kladdigt ansikte med onaturligt stort flin blinkar till framför mina ögon. Jag blundar hårt, nyper bort bilden med ögonlocken. Jag ruskar om huvudet och häller i mig halva kaffekoppen, skärpning nu för helvete Alina. Det var ett vanligt psykfall vi var hemma hos, sen var det väl jävligt olyckligt att man blev sjuk samtidigt. Nog för att det inte hjälper när man har strul med magen att brottas med någon som luktar kadaver och rutten smutstvätt, men inte fan var det på grund av honom jag blev dålig från början, kom igen nu. Jag tvekar lite igen, fingrarna stannar upp över tangentbordet. Han var ju medvetslös först och sen såg ögonen ut som något som hör hemma på ett bårhus, vad fan kan jag egentligen skriva utan att jag verkar vansinnig? Igen, skärpning Alina. Man har väl föreställt sig konstigare saker under stress tidigare på jobbet.

37

"Alina, utsättning!" Carlos vinkar från konferensrummet, jättesynd att han måste avbryta mitt PM. Jag tar med kaffet och gissar för mig själv vad det blir ikväll. Rån, upplopp, biljakt, eller bedragare var längesen. Just nu skulle det mesta kännas mer normalt än Pontus-helvete-Wikman. Det är tryckande stämning runt bordet, alla stirrar på Lennart som stirrar tomt framför sig. Något säger mig att det inte blir bedrägeri ikväll heller.

"God kväll." Lennart harklar sig och suckar tungt. "För en knapp timme sedan skickades en Vällingbypatrull till ett hus på Fjällnäsvägen. Miranda sju år ringde polisen och sa att 'pappa är jättekonstig' och 'mamma har jätteont'. På plats möttes patrullen av pappa Tomas, blodig och helt galen. Man sköt dödlig verkanseld i rent nödvärn då Tomas gjorde utfall med knivar, inne i huset blev det bara värre. Efter en genomsökning hittades Tomas fru Yasmina i sovrummet, fullständigt..." Lennart tar en kort paus och putsar sina glasögon. "...ja jag säger söndersliten, för det var hon verkligen." Med motvillig nyfikenhet föreställer jag mig exakt vad söndersliten innebär i det här fallet, bredvid mig viskar Carlos ett sammanbitet 'fy fan'. "Teknikerna är på plats, två patruller håller avspärrningen men de behöver hjälp även av oss..."

"Och Miranda då, snälla säg att någon i familjen klarade sig!" Therese avbryter med inlevelse, låter lite förolämpad av att man inte pratat mer om flickan.

"Ja, nej hon hittades inte i bostaden och en av våra uppgifter ikväll blir naturligtvis att bistå i eftersöket, den andra är att knacka dörr i närområdet. Samtliga beger sig till Fjällnäsgatan utom Mimmi och Kristian, som ska höra en misstänkt med försvarare här i arresten. Något rån, lite annorlunda, ni får mer information senare. Alina och Carlos, ni möter upp två Vällingbypatruller samt en hund för att söka efter Miranda, övriga står för dörrknackning. Det var allt, kör igång." Jag och Carlos reser oss samtidigt med varsin klump i halsen, jag hade verkligen föredragit en bedragare. Vi är ganska tysta på väg till vapenrummet och det känns konstigt, Carlos brukar snacka skit nästan hela tiden. Jag laddar, säkrar vapnet mot höften, stoppar på mig sprayen och ställer in rätt kanal på radion. Jag tänker tillbaka på äckliga Jordnötsgränd för ett halvt ögonblick, lämnar kvar den värdelösa batongen i alla fall. På väg ner till garaget ser jag hur regnet droppar mot fönstrena, på väg ut ur garaget är det snudd på som att åka in i en biltvätt. Jag tänker på lilltjejen vi ska ut och leta efter. Hoppas hon mår bra, hoppas hon är kvar i Vällingby, hoppas verkligen att hon tog sig ut ur huset. Ett äckligt flin fladdrar snabbt förbi igen, jag funderar på hur jag själv egentligen tog mig ut ur huset häromdagen, funderar på hur väck jag var. Jag vet precis vad jag kommer ihåg, kommer aldrig glömma Pontus Wikmans slemmiga kropp och döda ögon när han vältrade sig fram från ingenstans, sen vet jag fan inte vad som hände. Jag har svaga minnen av Anders röst på väg därifrån och sedan var det någonting med att jag spydde som en idiot hela den kvällen hemma. Aldrig mer räksallad på just den där pizzerian då tydligen. Jag hör radion i ena örat, läget verkar relativt lugnt. Just nu är det mest teknikerna som jobbar, patrullerna håller avspärrningen och för dialog med passerande allmänhet. Man gör sitt bästa för att berätta så lite det bara är möjligt, utan att hamna i någon larvig "Allt är lugnt"-dialog. Folk är oftast inte dumma i huvudet, om de hör skottlossning och sedan ser en avspärrning med brottsplatstekniker, komplett med mer eller mindre uppenbara blodrester fattar de också att allt inte är lugnt. Det är bara det att det är onödigt att säga "Din granne blev precis slaktad av sin man och deras barn är försvunnet, hur är det själv?" Carlos kommer ur bilen lite före mig och vinkar på en kollega som verkar vara befäl.

"Ni är från jouren, va?" Hon hälsar med ett tonfall som är lugnt och spänt på samma gång. Jag kisar som en jävla idiot för att se hur människan ser ut i mörkret. "Maria heter jag, yttre befäl. En till ordningspatrull samt en hundförare kommer när som helst, tillsammans ska ni leta efter flickan Miranda. Vi har tyvärr inget foto på henne men hon är sju år gammal, rimligtvis är hon blodig och chockad, ni får lösa det på bästa sätt helt enkelt. Det var ju inte jättelänge sedan hon ringde polisen, man kan ju hoppas att hon inte har hunnit så långt." Jag hoppas att hon hunnit någonstans överhuvudtaget.

"Ursäkta," Carlos låter ganska irriterad och regnet verkar inte hjälpa, "vi är alltså inte mer än fem poliser som ska leta efter ett barn i regnet, i mörkret, i en Stockholmsförort?" Marias tonfall går från lugnt till mer spänt.

"Ja du vet hur det är i den här förbannade regionen, hur vi än gör är vi för få och just ikväll är mer än hälften av mina patruller på antingen fotbollskommendering i Solna eller narkotikainsats i Tensta." Carlos taggar ner en aning och suckar ursäktande.

39

"Ja vafan, laga efter läge har man väl gjort förut."

"Just det, och förresten har Sollentunapatrullen med sig en aspirant, så sex poliser. Och en hund." Jag, Carlos och Maria nickar instämmande till varandra, kommer överens om att det blir skitbra som det är. Laga efter läge som sagt, det är inte som att resten av Stockholms undre värld släcker ner verksamheten med vapen, fylla och knark bara för att någon mördar sin fru. På jouren jobbar vi i snitt med ett mord och fyra relationsvåldsärenden i veckan, detta är dock mitt första relationsmord. Det kan snälla få bli mitt sista också, helt okej. Jag och Carlos glider rund brottsplatsen så avslappnat det bara är möjligt medan vi inväntar de övriga fyra poliserna. Och hunden. Det avspärrade området utanför huset tar upp nästan hela gatan i bredd och lika mycket åt sidorna, trots regnet och mörkret kan jag se resterna av blodspår på marken. En enorm fläck som går över i utsmetat klet mot ingången, även dörrkarmen är mörkröd. Hur fan ser det ut där inne? Tack och lov att vår uppgift ikväll stannar utanför familjen Mradics hus, snälla Miranda må bra. Jag ser patrullen som håller avspärrningen, undrar om det var någon av dem som sköt gärningsmannen. Jag har själv aldrig behövt använda vapnet i tjänst, det är det inte många som har och jag är inte avundsjuk ens litegrann. Varje gång i vapenrummet när jag laddar, säkrar och hölstrar blir det som en mental förberedelse på att skjuta en människa, men står man där på stan måste det ju bli en jävla skillnad. Jag skakar på huvudet åt tanken, vilket jävla jobb man har egentligen. Jag ser mig omkring, regnet börjar avta en aning. Genom ett fönster ser jag ett par vitklädda tekniker stöka omkring inne på nummer 12. Hela grejen känns förbannat meningslös, utreda ett mord där gärningsmannen är död. Ingen att rädda, ingen att skydda, ingen att straffa. I ögonvrån kommer två målade bilar, en av dem är märkt med ett gult hundhuvud. Miranda går fortfarande att rädda. Ur den andra bilen skyndar sig en ung kille först, letar lite stirrigt efter någon som bestämmer, efter honom kommer två äldre kollegor ett steg i taget. Jag behöver inte se färgen på klaffarna för att se vem som är vem. Hundföraren känner jag igen från andra jobb, han har varit polis i typ hundra år och haft hund nästan lika länge. Vant och lugnt öppnar han bakluckan och plockar fram den stora schäfern, vi nickar alla åt varandra och samlar ihop oss tillsammans med Maria.

"Så", börjar befälet, "då är det bara för er att dra igång. Återkoppling sker till mig på radion, kollegorna som knackar dörr kontaktar er om de får mer information om Miranda."

"Vad vet vi om flickan, då?" Aspiranten nästan tränger sig fram och jag vet inte vilket det är som gör Maria irriterad, att hon behöver svara på samma fråga en gång till eller om hon är en sån polis som bara är irriterad på aspiranter i allmänhet.

"Ja i princip ingenting, du får lösa uppgiften, se det som en utmaning vetja." Aspiranten flinar nervöst och sneglar på sina kollegor, den manlige av dem klappar honom välmenande på axeln. Carlos, som inte heller har så mycket tålamod ikväll kliver in och börjar delegera, pekar först mot den uniformerade patrullen.

"Så här gör vi, vi börjar med de närmaste kvarteren. Ni tar riktning mot centrum, jag och Alina tar andra sidan med Vällingbyskolan, sen jobbar vi oss utåt vartefter."

"Nå, så tar jag och Andi och gör vad vi gör bäst." Hundförarens breda norrländska dialekt är lugnande på något sätt och bredvid honom står schäfern och verkar sjukt redo att få något att nosa på. "Vi börjar genast så hörs vi på radioapparaten." Hundpatrullen beger sig mot huset, platsen jag helst av allt vill slippa se. En del av mig vill titta in, resten av mig vill inte se. Lennarts beskrivning av brottsplatsen räcker och blir över, i tvångsmässig nyfikenhet föreställer jag mig igen vad söndersliten innebär i det här fallet. Jobbet som polis är varierande, ibland handlar det om att skriva onödiga PM, ibland handlar det om att se sönderslitna människor. Sönderslitna människor. Ett kallt vinddrag sveper förbi över mina axlar och in under huden, bilder blinkar förbi. Sönderslitna människor på golvet i en skitig lägenhet. Pontus Wikmans slemmiga tunga och mörkbruna tänder. Ljudet av slafsiga steg på knarrande golv, lukten av blod och sur smutstvätt. Jag blir yr, känner lukterna långt ner i halsen, känner mig illamående. Grått slem blir till rött slem framför mina ögon och Fjällnäsgatan börjar försvinna.

"Fast vi behöver nog inte leta inne i centrum tänker jag!" Aspirantens nervöst entusiastiska utrop skakar om mig där jag står. Bilderna, ljuden och lukterna försvinner och jag känner mig nyvaken. "Ja, alltså, hon vill nog gömma sig och undvika folksamlingar. Det är ljust och fullt av folk i centrum och hade en blodig liten flicka gått omkring där hade någon ringt 112 för längesen." Han håller andan och väntar på att någon ska svara, jag tycker iallafall det lät vettigt.

"Visst," börjar hans kvinnliga kollega, "bra tänkt Andreas, vi avvaktar med centrumdelen tills senare." Trion ger sig av åt sitt håll, Andreas flinar nöjt och jag vänder mig mot Carlos.

"Så, vad säger du, ska vi gå och laga efter läge?" Carlos verkar slappna av en aning och pressar fram ett kort leende, börjar likna sitt vanliga jag.

"Ja för fan, det har om inte annat slutat regna."

"Du är säker nu, jag ska hjälpa dig."
Andreas, polisaspirant

Jag kommer ihåg från någon föreläsning i våras hur ett litet barn kan hinna flera kilometer på en halvtimme. Eller hur det nu var. Fan, jag borde komma ihåg det här, speciellt nu. Jag går först, före Helena och Peter, alla ögon är på mig. De räknar med att jag klarar det här, att jag löser uppgiften och det var min idé att göra på det här sättet. Blåljusen känns längre och längre bort allteftersom jag söker, jag måste vara snabb. Ett liv står på spel, ett litet liv. Jag letar efter någonting, vad som helst, bara ett tecken på att hon är här någonstans. Jag känner pulsen, det dunkar i halsen, letar överallt efter fotspår eller någonting. Jag spänner öronen, lyssnar efter en liten flicka som gråter, lyssnar efter ledtrådar i radiobruset.

"Så vad är planen?" Helena ropar och jag vänder mig om halvt, på något sätt har jag hamnat mer än tio meter framför henne och Peter. Mitt svar fastnar i halsen, jag förstår inte ens frågan, vi ska ju leta efter flickan. "För du har väl en plan?" Jag stannar och väntar på kollegorna, de går ganska långsamt. Jag spänner mig, känner mig mer uttittad. Fötterna trampar omkring, tankarna snurrar en kort stund.

"Ee, ja. Vi tar en gata i taget i riktning mot centrum, frågar oss fram så att säga." De himlar med ögonen vagt, eller det känns i alla fall så. "Om jag hade varit en liten flicka..." jag pausar kort för mig själv, hur fasen lät det där? "...i den här situationen, hade jag sprungit en bra bit, kanske hittat nån slags vrå att gömma mig i."

"Som en port, typ?" Peter frågar på sitt vanliga, välmenande och lite peppiga sätt, fast ikväll låter det mest nedlåtande av någon anledning. "Jag hade gömt mig i en port." Min puls ökar vid tanken på att Miranda inte har gömt sig någonstans. Varför verkar det som att kollegorna går så förbannat långsamt jämfört med mig?

"...om du varit en liten flicka?" Jag kan inte låta bli att fnissa åt Helenas kommentar, känns ändå opassande av någon anledning. Jag harklar mig, blinkar hårt. Måste ta kontrollen, jag har bara knappt två månader på mig att bli godkänd.

43

"Nej det tror jag inte. Hon tror säkert att pappa Tomas fortfarande är efter henne, jag tippar på något mörkt, mer undangömt ställe, som ett dike eller buskage...typ." Jag stegar vidare, sträcker på mig så det knakar i ländryggen. På radion svamlas det mellan raderna, inget från brottsplatsen, ingen från hundföraren. Patrullen från jouren meddelar att de inte hittat något hittills och fortsätter bortåt mot en lekplats.

"Jag gillar hur du tänker, fortsätt så!" Helenas pepp känns mer verkligt för mig, kan vara för att det är hennes bedömning som avgör. Jag slappnar av en aning, tar åt mig det positiva. Du fixar det här Andreas, du fixar det. Jag stegar vidare rak i ryggen över de halvdant upplysta småvägarna mellan husen, blicken flackar från det ena trädet till nästa, längs husväggar och under bänkar. Ett äldre par passerar förbi och hälsar godkväll, jag hinner precis nicka till svar innan de är ur mitt synfält. Fan, de måste tänka att jag är Vällingbys drygaste polis. De har kanske sett Miranda! Äh, skit också de har gått vidare.

"Så," Peter bryter mina snurrande tankar, det är helt välkommet, "gubben i arresten förut, vafan var det?" Jag fryser mitt i steget för ett ögonblick, hjärtat slår till extra hårt en gång. Jag antar att vissa saker bara glömmer man inte. Jag antar att Arne Ekberg är just en sån sak.

"Ja visst, hur påverkad var han på en skala?" Mina ögon studsar vidare, hur ser man ut om man heter Miranda? Det brusar i örat, patrullerna som knackar dörr rapporterar till Maria att ingen sett eller hört något av vikt. Inga ledtrådar som kan leda oss till Miranda. "Och hade han ätit sopor eller vad?" Kallpratet gör mig mer spänd, jobbrelaterat eller inte. Gångvägarna krymper runt mig och gatubelysningen tycks fladdra till. Var det rätt beslut att leta på det här sättet, är jag ansvarig för att vi letar på det här sättet? Jag är ju fan under utbildning...fast ändå inte, och jag måste göra rätt, måste visa. Radion brusar igen, jag hör inte, mina ögon och öron är fixerade på uppgiften. Helvete, klart Helena hade sagt till om jag var ute och cyklade. Jag sneglar under ännu en parkbänk, tomt. Båtmössan börjar skava runt pannan av svett, var fan är hon? För ett ögonblick stannar jag upp i mina egna tankar, fundersam och nästan lite skamsen över min oro. *Jag måste göra rätt...Hennes bedömning som avgör...*Det är väl klart att prio ett är att hitta Miranda Mradic välbehållen. Så tänker jag väl, det är väl därför jag kämpar som jag

44

gör? Radion brusar igen, flera röster svarar. En skugga blinkar till i ögonvrån. Kan vara vad som helst, kan också vara precis vad jag letar efter. Miranda heter hon. Stegen blir snabbare, röster i örat säger något vagt om 'bråttom' och 'många'. Jag rundar ett hörn, skuggan framför mig verkar flyga fram. Mitt synfält finns bara rakt fram, rakt mot skuggan, skönt att Peter och Helena är precis bakom mig. Jag gör mig mekaniskt redo för vad som helst, känner tyngderna av den röda sprayburken, batongen och pistolen mot respektive höft. Skyddsvästen stramar åt under skjortan, jag vet inte om regnet slutat eller inte. Jag sneglar omkring framför mig, är det inte lite väl folktomt, det är ju knappast mitt i natten? Något verkar hasa sig fram, jag kikar snabbt mot nästa port på huset. Ingen där, men det ser ut som ett vagt stänk av blod längs väggen. Eller är det bara vad jag vill ska vara där? Det hasar igen, bakom mig. Hjärtslagen känns i skallen när jag vänder mig om, jag stirrar mot ingenting. Ingen där. Inte ens de som borde vara där. Helena och Peter, vart fan tog de vägen? Min hand letar sig automatiskt mot radion, vill trycka på anropsknappen. Jag avbryter mitt i nästa inandning när jag kisar mot den stora eken ett par meter fram. En skugga vid stammen, hopkrupen och liten som ett barn. Jag smyger fram, med handen fortfarande som förlamad vid radion på höger axel. Snart ska de få se.

"Miranda?" Jag anstränger mig för att låta trygg och lugn, men rösten spricker på något sätt. Det hasande ljudet fortsätter, skuggan vaggar sakta och jag kan skymta ett litet ansikte bakom fallande mörkt hår. Jag rör mig en aning åt sidan, den dunkla belysningen ger mig bättre sikt. Det är inte längre en skugga utan en flicka, hon sitter med armarna om knäna och ser fullkomligt skräckslagen ut.

"Är han borta nu?" Miranda snyftar fram orden, blod syns på hennes kläder.

"Du är säker nu, jag ska hjälpa dig." Jag ler mitt mest övertygande och pekar mot polismärket på mössan. Flickan sträcker lite på sig och jag andas ut, handen vid radion slappnar av. Jag trycker på knappen och andas in, vet precis vad jag ska säga.

"Det var inte meningen," snyftar Miranda fram, "snälla förlåt mig!" Jag kommer av mig, andetaget fryser fast. Det hasande oljudet hörs tydligare när Miranda sakta öppnar munnen större. Jag stirrar på saker jag inte ser, flyr desperat i tanken till den där föreläsningen

45

igen, minns hur långt de sa att försvunna barn kan ta sig på trettio minuter. Jag känner tyngderna på höfterna, men det är ju skit samma, inget av det kan användas mot ett...barn. "Jag har varit så kall...och törstig." Flickan blir till en skugga igen, starkare än någon kollega jag någonsin tränat med. Jag upprepar för mig själv i tanken att det här inte händer, ändå kan jag tydligt se en onaturligt stor mun gapa mot mig, känna små fingrar bli till naglar mot mina nyckelben. "Det var mitt fel," väser skuggan som tydligen heter Miranda, "pappa var inte redo." En kall andedräkt drar mot min hals innan tänderna kommer som glödande knivblad. Hjärnan skickar mängder med impulser. Upp, spring, radion, skrik, skjut. Musklerna lyder inte, jag slappnar av som in i ett mörker, kommer att tänka på den där gången när jag var liten och nästan drunknade.

"En skugga blinkar till"
Petra, polisassistent

"Kommer du ihåg den där gången med den där mopedtjuven i Tensta? Du vet, när du ropade *"Polis, halt!"* och sen halkade. Va, kommer du ihåg?" Lars har mycket svårt att hålla sig för skratt och ja, absolut, förutom att jag stukade handleden var det skitkul. Det var också tre år sedan.

"Mm, tack för att du bara tar upp det varje gång vi är i närheten av Tensta." Lars är okej, även om han är lite gubbig i humorn. Under mina sju år har jag absolut åkt med värre kollegor, som han vahannuhette som inte pratade med mig på ett halvt pass för att jag inte är ett stort fan av AC/DC. Jag sneglar på instrumentbrädan, klockan är 2:40, nästan halva nattpasset avklarat. Seg natt. Ospännande. Sådär så att fem minuter känns som en kvart. En fylla till arresten som sjöng "My heart will go on" jättehögt och jättefalskt, en dryg nittonåring som körde pappas bil i 90 på 40-väg och två pundare i slagsmål som hade avlägsnat sig innan vi kom fram. Det har varit rätt lite utrop på radion överhuvudtaget, som om halva stan är på semester.

"Lars, allvarligt talat. Det heter ju att skjutningarna i området har ökat men jag har inte åkt på en enda på typ två månader!" Det är ju naturligtvis skönt när folk inte blir skjutna men just precis nu får jag snälla någonting att göra.

"Jag minns min första skjutning," Lars blir nostalgisk i blicken, som alltid när han berättar en av sina historier, "Östermalmstorg, jag hade bara jobbat i några månader, de var tre stycken busar och..."

"Men Lars," jag avbryter mest på skoj, "då hade man väl fortfarande sabel?" Han muttrar något om "hörrödu unga dam" och vi garvar tillsammans. "Kaffe, va?" Lars tar genast sikte på en mack ett stenkast bort, vissa saker är vi absolut överens om. Radion brusar, jag håller andan, kanske ett jobb? Ett kul jobb. Volymen är ovanligt låg men jag hör något om en cykel som brinner, i Rånäs. Det är sju mil bort. Fan. Nån kanske blir rånad på macken, undrar om de bjuder på kaffet i så fall. Radion låter igen, hackar fram nästa utrop. Efter ett

47

ögonblick blir det tydligare och jag hinner uppfatta bråk i bostad, och att en annan patrull hugger på det. Vad är det med radion? Jag bytte batteri igår, säg inte att jag måste till radioverkstaden. Lars stannar radiobilen precis utanför ingången. En snubbe går förbi och blänger drygt, som alldeles för många andra fattar han inte varför poliser alltid måste ha nära till bilen. På vägen in möter jag honom snabbt med ett "hej hej" men han var visst inte intresserad av att snacka egentligen. Jag hör radion igen. Eller? Kanske bara vinden, fan jag är uttråkad. En kille i 20-årsåldern hälsar oss välkomna när vi går in, oväntat glad och trevlig med tanke på hur sent och tidigt det är. Jag säger något om kaffe till killen, samtidigt som jag slött tänker tillbaka på den där gången i Tensta. Jag garvar tyst och vänder mig bort från Lars, det var lite kul och handen gjorde bara ont i ett par dagar. En annan tanke fladdrar förbi, vagt och ogreppbart. Det sprakar från radion igen, jag hör något oklart om inbrott innan det tystnar. En skugga blinkar till i ögonvrån, sådär charmigt som det kan göra tre på natten när inget spännande händer. En viskning, en blinkning i andra ögonvrån. Håller jag på att somna eller vad är det?

"Kaffe!" Lars bokstavligt trycker den varma pappmuggen mot mig och flinar larvigt. "Vart tog du vägen?" Jag flinar ännu larvigare tillbaka och mumlar fram att "Du vet hur det blir på såna här nätter", samtidigt som jag undrar om det är hela sanningen. Dags att sluta jobba skift kanske? Jag vet i alla fall tre personer hemma som skulle uppskatta det. Radion piper igen och den här gången är det ett klart och tydligt anrop från ledningscentralen.

"30-2114, har vi kontakt? Kom."

"30-2114 lyssnarpådigkom!" Jag svarar i en halvt nyvaken utandning, äntligen händer nåt.

"Fagerstagatan 29, Lunda, möjligt inbrott i industrilokal. Inringare har sett 'skumma typer' i eller omkring lokalen, lite oklart. Ni biträder 30-4319, kom." Standardärende, kan bli precis vad som helst.

"Taget från 30-2114, vi är på väg!"

"Tack och...klllart slut." Operatören suckar hörbart innan anropet avbryts, verkar inte vara bara jag som är trött tre på natten. Men nu jävlar ska vi jaga bus. Jag känner mig genast piggare, som en

48

kittlande känsla genom kroppen. Jag smuttar i mig det varma kaffet, Lars gasar på. Vi är inte långt ifrån Lunda, det finns till och med en chans att nån skum typ finns kvar. Vad fan ska de ens in i industriområdet för? Knarklangning, uttråkade ungdomar, en kombination av båda? Ut på E18, bilen går ännu fortare, genom Rinkebytunneln, de orangea lamporna pulserar omkring oss och skapar fler skuggor i ögonvrån. Vem försöker jag lura? Självklart vill jag jobba ute ett tag till, jag får ge Jacob och tvillingarna förlåtmig-kramar när jag kommer hem om fyra timmar.

"Vi landar på adressen om 5 minuter, får du kontakt med den andra patrullen?" Lars kryssar mellan körfälten och ser ut att digga en rocklåt i huvudet, jag sveper kaffet av ren reflex och taggar till ytterligare. Jag hör kollegorna i radion men det brusar igen…Men vänta nu, jag har ju inte ens anropat patrullen. Vem är det som viskar, kommer det ens från radion? Lars har börjat nynna till sin låt och gasar ännu mer, filbytena känns mer ryckiga. En skugga glider genom bilen, långsammare än den borde och jag hör fler viskningar, nånting om att vänta på sin tur.

"Lars, måste du ligga så nära bilen framför?"

"Ja med de får ju flytta på sig!" Bilen drar åt sidan mot det andra körfältet, men det finns ingen plats. Bilen framför byter fil och Lars bränner förbi. Snart framme hos de skumma typerna. Vi fortsätter kränga fram längs Bergslagsvägen, hur kör han idag egentligen? Det går mycket fortare än nödvändigt och jag märker hur vi sakta glider över mot vänster sida av vägen. Jag stelnar till, fingrar på radion men inget händer.

"Lars…?" Jag vill utgå ifrån att han vet vad han gör men vi börjar komma alldeles för nära mittlinjen. "Lars?" Vid ett backkrön 500 meter bort kommer en mötande lastbil, halva polisbilen är på vänster sida. Varför styr han inte tillbaka? Lampan över instrumentbrädan blinkar, radion brusar, fortfarande inte ett ord från 30-4319. "LARS!" De nästa sekunderna går alldeles för fort. Lastbilen är rakt framför oss, ljusen från lyktorna växer snabbt. En hög viskning kryper igenom bilen, det här kan inte vara på riktigt. 200 meter bort, jag stirrar som ett rådjur och kan bara tänka på de därhemma. Jag håller andan, nej, jag kan inte andas, handen går till pistolen av någon anledning. Jag sneglar åt vänster och det sista jag ser innan skuggan gör allting svart, är Lars. Det stela, bleka ansiktet har slutat digga,

49

munnen hänger öppen onaturligt stort och ögonen är nästan helt vita. Jag känner en sista fartökning i kroppen innan allt omkring mig försvinner.

"En skugga blinkar till"
Nikolai, operatör Ledningscentralen

"30-2114, har vi kontakt? Kom." Jag har redan anropat tre gånger,
vafan gör de?

"30-2114 lyssnarpådigkom!" Seriöst? Jag får god lust att fråga ifall
jag väckte dem, men det blir som vanligt en rapport till befälet.
Ibland verkar det som att jag är den enda som bryr mig om god
arbetsmoral och radioetikett. "Tänk, Tryck, Tala" heter det, inte
"Vakna, Tryck, Mumla".

"Fagerstagatan 29, Lunda, möjligt inbrott i industrilokal. Inringare
har sett 'skumma typer' i eller omkring lokalen, lite oklart. Ni
biträder 30-4319, kom." Jag suckar mellan tänderna, klockan är tre
på natten och jag har extra lite tålamod för slarviga patruller.
30-4319 svarade i alla fall på en gång.

"Taget från 30-2114, vi är på väg!"

"Tack och...klllart slut." Jag suckar högt innan anropet avbryts,
klockan är som sagt tre på natten. Två vingummin åker in i munnen
och jag gnuggar ögonen, vet att det är max 20 sekunder till nästa
samtal. Det är körigt som det är på polisens ledningscentral, även
utan alla samtal från gamlingar som "sett ett UFO" eller "är
övervakade av regeringen", men sedan det där passet när någon
felaktigt kopplat en liten flicka till stationsbefälet i Sollentuna har
stämningen här varit ännu mer spänd. Hela den här veckan har varit
extra jävlig av någon anledning och folk blir sjuka till höger och
vänster. Jag tar en klunk från min tekopp och påminner mig själv om
hur det äntligen bara är några dagar kvar, efter fyra år som operatör
börjar jag min tjänst som gruppchef på Ekobrottsmyndigheten.
Nästa samtal kommer in, det är bokstavligt talat Agda 83 år som är
helt övertygad om att grannen stjäl hennes post varje tisdag.
Herregud, jag är omringad av idioter, fattas bara att något psykfall
ringer in om vampyrer. Ja, det har hänt tidigare. Jag gnuggar ögonen
hårdare, börjar tänka på den där filmen Falling Down, där Michael
Douglas tappar det helt och överger sin bil mitt i en bilkö. Jag går
efter kaffe, bryr mig inte ens om att jag inte har rast än. Jag har

51

fastnat här alldeles för länge, blir mer och mer bitter för varje minut som går. Det susar till i ena örat och en skugga blinkar i ögonvrån, jag kommer verkligen inte sakna skiftarbete. Jag suckar ännu högre än tidigare, tar kaffet och fortsätter bort från min arbetsplats. Jag varken ser eller hör någon omkring mig, kanske medvetet. En viskning om att vänta på något sveper genom mina öron och plötsligt är jag förbannad på allting, biter ihop så gott jag kan och fortsätter mot toaletten längst bort. Jag glömmer bort kaffet, tappar det på golvet, går in och låser. Svett börjar bryta ut i hårfästet, jag känner mig inte alls okej men bryr mig inte av någon anledning. Tar tag i handfatet och stirrar in i spegeln, möter min stirriga blick. Jag suckar högt igen, mer som ett ljudlöst skrik och lampan i det lilla rummet blinkar. Det är mörkt bara ett ögonblick men känns som en hel natt. Jag sover, men är vaken, jag har mardrömmar men kan inte skrika. Någon annan är här. Ljuset tänds, bara en skugga stirrar tillbaka från spegeln och fortsätter viska långsamt.

"En skugga blinkar till"
Maria, yttre befäl

Ett grått hus, i ett grått industriområde, mitt i natten. Och vi letar efter "skumma typer" i mörka kläder. Jippie vad bra. Och var fan är den andra patrullen, varför svarar de inte på anrop? Jag lutar mig mot radiobilen och ser mig omkring i det mörklagda området, känner den tysta nattluften mot uniformen. Anki står på andra sidan av bilen med armarna i kors, något mer rastlös. Vi har känt varandra sedan vi började Polishögskolan 1999 och jobbat i samma turlag de senaste 11 åren, jag har inte jobbat bättre ihop med någon annan och ingen av oss har en tanke på att lämna yttre tjänst.

"Alltså ska vi gå in så länge eller vad fan är det här?" Anki rycker otåligt på axlarna och fnyser för sig själv. "Var åkte de ens ifrån, Enköping?"

"Trettio. Tjugoett. Fjorton. Har.Vi.Kontakt.Kom?" Jag ropar på den andra patrullen som om jag försöker väcka ett hörselskadat fyllo på Råsunda. Efter fem sekunder kommer bara fyra deprimerande pip, som betyder 'Ingen kontakt'. Jag fnyser instämmande och tar fram snusdosan, ger en till Anki och tar en själv. Jag börjar nästan garva när ett tidningspapper blåser förbi mellan de öde, mörklagda lokalerna, följt av ljudet av rasslande grus. Den andra polisbilen sladdar fram halvt vårdslöst och tvärnitar längs med vår, varpå kollegorna kliver ut ungefär som att de inte alls är försenade.

"Tjena Maria", bullrar en bekant röst, "har ni väntat länge?" Jag har jobbat med Lars flera gånger, han har varit polis hela sitt yrkesliv och gjort i princip allt som går att göra i yttre tjänst. Den andra kollegan känner jag inte igen men jag blir genast oimponerad. Okej att det är mitt i jävla natten men hon kan väl hälsa i alla fall?

"Vi har ropat på er hundra gånger, vad hände?"

"En mötande lastbil kom halvt över på fel sida", svarar Lars patrullkollega och tar ett steg framåt, "vi vände om och slog stopp vid Bergslagsbron, skällde ut föraren och rapporterade honom för vårdslöshet i trafik. Radionätet har varit hej kom och hjälp mig hela

53

kvällen. Petra heter jag, trevligt att träffas." Petra sträcker fram sin hand mot mig och sedan Anki. Jag slappnar av, dels för att de inte mosades av lastbilen och dels för att Petra inte är dum i huvet, och möter hennes handslag.

"Skönt att ni är okej", Anki ler välkomnande mot Petra och Lars, "och man kan ju tycka att myndigheten ska ordna med fungerande radioapparater, eller?" Vi skrattar alla kort och instämmande, innan jag tar till orda om jobbet vi faktiskt ska göra.

"Jaha, förutsättningarna är alltså skumma typer här nånstans," jag himlar med ögonen åt bristen på information och tänker på jobbet häromveckan, där jag skulle leta efter hasch 'under en bänk i Grimsta' och då var det i alla fall dagsljus. "Har någon ens varit här är de antagligen inte kvar, vi genomsöker lite snabbt så kör vi en gemensam frukost sen. Jag och Anki tar framsidan, ni tar baksidan och vi går inte in i byggnaden om det inte är uppenbart att någon är där. Alla med på uppgiften?" Lars, Petra och Anki nickar tyst och vi delar oss, sprider oss runt den ödelagda industrilokalen. Detta är inte första jobbet i Lunda och garanterat inte det sista, men jag kan inte minnas ett tidigare ärende i just den här lokalen, det går knappt ens att se vad det är för verksamhet. Vartefter jag och Anki smyger oss fram i mörkret kikar jag in mot de nästan svarta fönstren, dels för att halvt leta efter en 'skum typ' och dels för att avgöra vad det ens är för ställe. Bilverkstad? Tryckeri? Lager? Jag blir nästan irriterad över anonymiteten. Jag närmar mig fönstret, fortfarande svart, ser inget annat än min vaga reflektion som tomt stirrar tillbaka på mig. Anki fortsätter längs med fasaden, tjänstevapnet draget och halvt avspänt riktat snett neråt, jag stirrar på min tomma spegelbild och trycker på radion.

"Lars och Petra från Maria, ser ni nåt? Kom." Ett vagt brus hörs, ett pip och sedan ett högre brus, jag uppfattar nästan ett mumlande i bakgrunden. "Repetera! Kom." Jävla nät, om det ens finns skumma typer kvar här får vi säkert inte kontakt ens om vi trycker nödanrop. Radion piper igen och jag håller andan för att höra bättre, utan att ens tänka på det har jag kommit ännu närmare glaset och den genomskinliga reflektionen av mitt ansikte. Även fast jag är medveten om att det är mitt i natten och jag stirrar in i ett mörkt rum, är det något som inte stämmer med det jag ser. Inte riktigt mina ögon, inte riktigt min näsa, inte riktigt mitt hår. Jag för min vapenfria hand mot ansiktet, mer och mer övertygad om att något är väldigt fel.

"Maria från Petra! Kom." Jag fryser till av överraskning och andas in hårt, för en lätt darrande hand till radion samtidigt som jag tittar tillbaka på fönstret.

"Lyssnar på dig. Kom." Jag kan vagt se konturerna av mina helt normala ögon i det svarta fönstret, skakar på huvudet samtidigt som jag fortsätter lyssna, kanske ska sluta med kaffe på nätterna.

"Vi är vid en dörr på baksidan och hör nån slags aktivitet därinne, annars är det helt dött. Värt att kolla upp? Kom." Petras anrop avslutas med en djup, lång och hög suck. Okej att det är sent/tidigt men man suckar inte åt sitt befäl. Radion knastrar illavarslande och jag ger den en lätt smäll innan jag svarar.

"Japp, vi kommer till er. Slut." Jag och Anki går samlat mot den andra patrullen och jag sneglar mot fönstret en sista gång och skakar på huvudet, ser ingen bild alls. Parkeringen omkring är helt tom så när som på två elsparkcyklar. De kan tillhöra eventuella gärningsmän, eller så är de bara dumpade som alla andra jävla sparkcyklar som står ivägen precis överallt. Fan, jag hatar elsparkcyklar. En vind susar efter oss när vi rundar hörnet, rör runt lite grus på asfalten under oss med ett nästan viskande ljud. Vi närmar oss Lars och Petra, som båda står med korsade armar framför en grå metalldörr. Jag tittar snett bakom mig av ren vana, känner den vaga vindpusten längs ryggraden och hölstrar vapnet.

"Det lät som en dörr som öppnades och sedan snabba steg," konstaterar Lars och nickar mot dörren som står lätt på glänt, "och vi har inte sett någon annan öppen väg in. Har ni sett nåt?" Jag kan på något sätt inte släppa det mörka fönstret och hur främmande mitt eget ansikte verkade.

"Nej, ingenting," jag trycker undan tanken som om den aldrig var där, "ingen aktivitet och ingen öppning. Vi går in, tar varsin riktning och söker ett varv, hittar vi inget 'skumt' är vi klara så. Och snälla Anki, hitta ingen narkotika, jag orkar inte pyssla med beslag på övertid igen." Vi sneglar på varandra och flinar kort, ett internt skämt eftersom Anki kan vara ungefär som en narkhund på våra pass och hittar små påsar med pulver även när hon inte ens letar efter det.

Jag går fram till dörren och sätter örat mot det kalla stålet, sätter en fot intill dörrens nederkant och öppnar den lite till. Jag kikar in genom den mörka springan, andas in och sliter upp dörren samtidigt som jag tar ett steg åt sidan. Ingenting. Inte ett ljud. Jag drar fram ficklampan, blinkar kort med ljuset och kikar in genom öppningen. Någon slags maskin, tomma lådor och en liten stege ligger på golvet. Jag kliver in och vinkar åt de andra att följa efter, alla har dragna vapen och tända ficklampor. Hur fan fick Lars tag i en vapenmonterad lampa? Seriöst, jag har frågat efter en i över fem år men har alltid fått höra att jag inte uppfyller behovskraven. Lokalen framför oss ser ut som en källare, eller ett lager, det är fortfarande helt oklart vilken verksamhet som bedrivs här. Radion knastrar igen, inte helt förvånande att mottagningen är sämre här inne. Något blinkar till längre fram, en skugga rör sig på väggen där korridoren delar sig i två, en åt varsitt håll. Jag snubblar nästan på en tom färgburk och en tegelsten när jag vänder mig om till de andra.

"Ni tar vänster," viskar jag till Lars och Petra, "vi tar höger. Vi möts tillbaka här sedan, ropa på radion om något händer." Kylig luft drar in genom en ventilationsspringa vid taket när vi nickar tyst mot varandra och delar oss i varsin korridor. Radion piper tyst och jag hör ett annat ljud i bakgrunden, som en fläkt eller en tvättmaskin. Anki riktar sin ficklampa upp i taket, det ger ett svagare ljus men lyser upp hela korridoren.

"Vad har någon ens här att göra", fnyser Anki, uppenbart oimponerad av eventuella skumma typer, "tråkigaste stället jag genomsökt på länge!" Vi spanar in omgivningen och fortsätter framåt, fler tomma burkar och diverse verktyg ligger här och var. En dörr på höger sida, jag rör vid handtaget och trycker försiktigt. Låst. Ljudet i bakgrunden tilltar och jag kan inte avgöra var det kommer ifrån. Jag hör min egen puls i öronen, tänker snabbt på bilden i det mörka fönstret utanför. Ljuset från Ankis ficklampa blinkar några gånger och jag tappar nästan balansen, jag sneglar mot henne och undrar vad fan som händer. Anki sneglar tillbaka och jag fastnar i ett andetag, det är inte riktigt hon, något är fel med ansiktsdragen. För stora ögon stirrar på mig och en för liten mun flinar stelt.

"Ser du nåt?" frågar Anki med ett helt vanligt ansikte. Jag skakar lätt på huvudet och undrar om jag håller på att tappa det helt.

"Eh…" Aldrig i livet att jag säger vad jag just såg. "Korridoren delar sig där borta, vi tar vänster". Anki litar på mig tillräckligt för att inte ifrågasätta men jag är inte själv säker på varför vänster är rätt väg. Fläktljudet har avtagit igen och jag förbereder mig på att runda hörnet, trycker mig mot väggen med vapnet redo. Något låter som en viskning, eller tysta steg och jag kikar snabbt fram mot den vänstra korridoren. Ingenting. Inget utom en duk eller presenning som ligger i en hög en bit bort. Jag tar några steg, redo att anropa de andra kollegorna när ljuset slocknar igen. Jag drar fram min egen ficklampa, Anki har väl taskiga batterier i sin. Jag tänder och vänder mig om för att beklaga mig över hur segt jobbet är, men möts bara av en tom korridor. Jag blir stilla i ett par andetag, vart fan tog hon vägen? Jag sa ju vänster. Jag ser ingen, hör ingen, känner bara unken lukt från den öde korridoren.

"Anki från Maria. Kom." Inte ett ljud i radion, inte från de andra heller. Det susar svagt från andra änden av korridoren och jag börjar gå sakta. "Anki, vart tog du vägen? Kom." Bara ett radiobrus till svar, ett pip och sedan ny tystnad. Kall luft drar förbi mig, jag vänder mig om igen utan att se något. "Petra och Lars från Maria, hur ser det ut hos er? Kom." Jag vill inte erkänna för mig själv hur olustigt alltihop känns. Ett anrop kommer som svar, jag hör Petras röst men mottagningen är bedrövlig. Allt jag uppfattar är "uppför en trappa" och sedan en lång suck innan det bryts på nytt. Seriöst, vilken bra arbetsmiljö och varför suckar hon hela tiden? Är det bara jag som tycker det är sjukt otrevligt? Det låter starkare från korridorens slut, både susandet och det andra ljudet som nu låter mer som en cementblandare. Jag rör mig snabbare mot ljuden, fast jag vet att jag inte borde fortsätta ensam. Det var precis så den där aspiranten råkade illa ut i Vällingby för ett tag sen. Tystnaden från radion studsar i mitt huvud, jag närmar mig korridorens slut, hoppar nästan till av prasslet från presenningen när jag kliver på den. Dörren längre fram har fönsterglas längst upp, jag skyndar mig fram och lyser mot den. Min chockade spegelbild tittar tillbaka med alldeles för små ögon och jag ser skuggor röra sig på andra sidan, min andhämtning ökar och jag känner på handtaget. Låst. Vad fan är det här för ställe? Det är någon som rör sig från andra sidan dörren, jag borde sparka upp dörren och kolla men jag borde också vänta på kollegorna. Kollegorna. Vart fan tog Anki vägen? Jag vänder mig om och trycker på anropsknappen, men fryser fast mitt i rörelsen. Hur fan gick det här till? En, två, tre väggar, jag kom ju från det hållet, varför är det inte en korridor längre? Jag kan inte andas, hör ett brus från radion och en främmande röst som viskar att det är min tur, jag vänder mig hastigt om med ficklampan och vapnet riktade framåt. Det sista jag ser innan allt ljus försvinner är en två meter hög skugga som suckar högt och flinar mot mig, med en alldeles för stor mun som delar sig i ett vitt ansikte med stora svarta ögon.

"Hur han bara ville komma hem"
Hans-Erik, hundförare

"Hallå men stanna då!" Vafan ska de in i skogen att göra, fattar de inte att det inte hjälper? Han må vara en snabb yngling men jag är en hyfsat snabb gubbe, och kompisen bredvid är ännu snabbare. "Hördu, polis, stanna!" Andi gläfser förnöjt, han gillar verkligen att jaga bus. Grabben i luvtröja springer mellan träden och tittar snabbt bakåt mot oss, bara det att vi varit i den här skogen flera gånger förr. Han snavar, men fortsätter springa. Är han korkad? Inte kunde han köra bil från polisen men nu tror han att han kan springa undan istället. Vi är nästan ikapp och jag väntar bara på att det ska bli lite glesare mellan träden, jag kan höra hur grabbens andning blir tyngre och snabbare, envis rackare men snart är det färdigt. Jag ropar på de andra patrullerna och förklarar var vi är, att buset snart är fångat. Det stänker omkring oss från den våta marken, jag och Andi flåsar tillsammans, nu är vi ikapp.

"Dàla!" Jag släpper kopplet och Andi far iväg av mitt kommando, ynglingen hinner knappt vända sig om innan den stora hunden är över honom och de båda drar till den leriga marken. Han verkar skrämd, drar upp armarna för att värja sig, skriker åt Andi att släppa men inget händer. Grabben försöker ta sig loss, kränger med kroppen, måttar ett slag som tar helt fel. Han skriker högre när Andi hugger tag i hans hand, biter sig fast, trycker hårdare med tassarna.

"Orrije, Andi!" Min vän förstår direkt och släpper taget, grabben ligger kvar och verkar inte ens försöka komma undan, stirrar ut i luften och håller om sin tuggade hand. Jag tar fram fängslen och närmar mig, långt bort hör jag att den andra patrullen är på väg.

"Jaha hördu, har du sprungit klart nu?" Grabben ligger kvar, luvan täcker fortfarande hans ansikte. Lukten av multnande skog drar förbi oss. "Hallå! Nu håller du väl dig lugn?" Andi står vid min sida, tittar på grabben med huvudet på sned, som att han själv ställer samma fråga men det kommer bara en hostning till svar. Jag böjer mig närmare, kanske mår han inte bra, han ligger ju bara där. "Hallå, hur mår du?" Han skakar till med ett väsande andetag och doften av murket trä tilltar, de följande sekunderna är overkligt snabba. En

59

kall hand greppar tag om min hals, stark som en trädrot. Luvan faller av, nej han kan inte må bra. Huden är blek, ögonen är matta och variga, munnen blottar gulsvarta tänder och ett fruktansvärt andetag träffar mig som en spark på hakan. Det luktar diskvatten, ruttet kött och surströmming. Jag måste spänna mig för att inte kasta upp på honom, det är som att tiden stannar och skogen snurrar. Hans kletiga grepp håller fast och de likaktiga ögonen stirrar in i huvudet på mig. "Inte jag", väser han och skrattar tyst, innan Andi far på honom på nytt, den här gången direkt på strupen. Greppet lossnar, jag hostar i en kväljning och blinkar.

"*Orrije!*" Andi lyder direkt och släpper killen, tandmärkena i halsen är bara ytliga men han fortsätter skratta med uppspärrade ögon, "Inte jag!" fortsätter han. Jag hör snabba steg bakom mig och de två andra poliserna rycker upp grabben från marken. Jag reser mig upp och tittar på honom, plötsligt ser han helt normal ut. Alltihop ekar i huvudet på mig och ett obehag jag aldrig känt sprids genom kroppen, inget av det där var normalt, men hände det verkligen? Jag hör inte ens vad den andra patrullen säger på vägen tillbaka, jag bara hänger med. Andi går vid min sida och ser lika fundersam ut som jag känner mig, vi håller oss en bit bakom de andra och jag fortsätter betrakta ynglingen i mörk luvtröja som halvt går halvt släpas fram av kollegorna. Han gnäller om att det gör ont och att han fryser, han låter liten och rädd nu. Vafan ska jag skriva i rapporten? Jag är så i mina tankar att jag nästan snubblar på en sten, och missar nästan anropet i radion. Redan dags för nytt jobb, eftersök av vapen bara en bit bort. Jag suckar och tittar på Andi, han förstår vad det är dags för.

"Jo hörni," mumlar jag trött till patrullen, "vi måste hasta vidare till nästa uppdrag."

"Inga problem, bra jagat båda två!" De fortsätter bort med grabben fast mellan sig och jag tittar hastigt på honom innan vi viker av, han möter min blick med stora glansiga ögon och mumlar något som jag nästan inte uppfattar. "Jag vill gå hem nu" säger han. Jag skakar på huvudet, som för att skaka bort hela upplevelsen. Jag kan inte ha sett rätt, men ändå var hans grepp om min hals alldeles för verkligt. Vi närmar oss bilen och Andi gnyr mot mig när jag öppnar bakluckan.

"Jag vet kompis, det var en märklig en, den där. Men nu tar vi nästa, vi ska leta efter vapen." Jag kliar Andi bakom örat efter han duktigt hoppat in på sin plats, jag stänger gallret och luckan innan jag sätter mig vid ratten. Bilden av de döda ögonen och känslan av den kalla handen far förbi mitt inre, jag sväljer tungt och skakar på huvudet igen. Han måste ju varit sjuk, eller knarkad. Eller båda. Nåja, konstiga typer finns det gott om. Vi är knappt tio minuter från nästa uppdrag och det börjar komma mer information i radion. Butiksrån i Grimsta igår, tre gärningsmän med automatvapen i en svart Audi har kommit över cigaretter och kontanter, alla tre är gripna. Bilen har man just hittat på en parkering vid Lövstabadet och det troliga är att vapnen är i närheten. Det går nog lugnt till, annat var det härom veckan i Vällingby när vi sökte efter den där lillflickan. Jag såg när de bar ut föräldrarna och hörde i efterhand vilket skick de var i, barnet var åtminstone vid liv men chockad, blek och blodig var hon stackarn. Andi travar omkring där bak, lite mer rastlös än han brukar. Jag sticker in lite torkat renkött genom gallret, han morrar lågt och tar emot, lägger sig tillrätta och börjar tugga. Jag tänker igen på grabben från förut, vad i hela världen menade han med "inte jag"? Jag kan nästan känna hans obehagliga lukt fortfarande, Andi gnyr spänt som att han håller med mig. Väl på Lövstabadet är redan flera patruller på plats, tekniker undersöker bilen och journalister verkar också vara där. Jag har inget emot mediemänniskorna så länge jag själv slipper vara med på bild. Jag ställer bilen och kliver ur, vinkar mot de andra kollegorna och går runt för att öppna bakluckan. Andi sitter kvar längst in, gnyr och morrar innan han hoppar ut, han verkar trött men ändå ivrig att jobba igen. Köttbiten han fick tidigare ligger kvar i bilen, var det något fel på den tro? Det luktar lite så. Andi ser sig om och när vi börjar gå märker jag att han linkar lite med ena bakbenet, vi får ta det lite varsamt, kanske att han skadade sig förut där i skogen. Vi rör oss mot den dumpade Audin och min vän får fart, nu känner jag igen honom. Teknikern släpper in oss i avspärrningen och Andi verkar genast känna ett spår från bilen, jag känner själv en kort pust av något ruttet men det är ju knappast det han reagerar på. Jag hinner knappt säga jaha till teknikern innan Andi får fart igen, kanske att det blir ett lätt jobb det här men jag tycker ändå han verkar lite stressad, ryckig i rörelserna. Han leder mig hastigt mot vattnet, stannar vid ett skjul som hör till strandcaféet, skäller glatt och tittar på mig. Jag nickar tillbaka, vi förstår varandra så väl och han sätter av mot baksidan av skjulet, gräver med tassarna intill en soptunna. Jag behöver inte titta två gånger för att se att det är pipan från ett skjutvapen som sticker ut från den jordiga Biltema-påsen.

"Bra jobbat Andi!" Jag kliver fram och rufsar om hans huvud, trycker på radion och talar om för de andra patrullerna vad vi hittat. "Vilket sätt att avsluta passet på, va? Då väntar vi bara tills de andra kommer och så kan vi..." Andi avbryter mig med ett skall, flinar mot mig på ett sätt jag aldrig sett tidigare, nästan främmande. Jag tappar nästan balansen när han drar iväg mot vattnet, det går snabbt, även fast han haltar värre nu. "Ta det lite lugnt, gubben, vi har inte så bråttom, vad gör du?" Han sliter sig loss, det har aldrig hänt tidigare, sticker iväg på tre ben in i ett annat skogsparti. Jag hör på radion att man tagit hand om vapnet vi hittade och att journalisten börjar bli besvärlig. Annars är det helt tyst och Andi är som försvunnen. En mycket olustig känsla sprider sig genom kroppen, jag tittar in bland träden och minns allt det fina vi gjort genom åren.

"*Tsåvva*, Andi", jag lockar på honom och närmar mig de mörka träden. Känner lukten igen, starkare, kan han ha hittat en kropp därinne? Instinkten säger åt mig att dra vapnet men jag låter bli, Andi är min vän sedan länge och vi förstår varandra. Ett obekant morrande ekar mot mig och jag kisar för att se bättre. Jag tappar andan av synen och den kvalmiga doften, det där är inte min vän. Ögonen är gråa och svullna, resterna av en söndertuggad kråka hänger i den för stora käften. Hud och päls har försvunnit från ena sidan av skallen och båda öronen hänger snett. Hunden tittar på mig vädjande, men jag vet inte vem det är jag ser, vad det är jag ser. Jag famlar efter radion och tar ett steg bakåt, men vad ska jag ens säga? Den döda kråkan faller till marken, brun sörja faller efter från gapet och varelsen som påminner om Andi tar mer och mer bestämda steg mot mig. Den ruttna stanken är överväldigande och jag blir sittandes kallsvettig på marken, tänker genast på grabben i luvtröja och hur han bara ville komma hem. Andi kommer aldrig mer hem, jag förstår det nu. Bitar av päls faller av för varje steg han tar och när han skäller låter det som från under vatten. Kroppen förändras och den främmande hundvarelsen reser sig på bakbenet, det andra har redan fallit av. Hår och kött står åt alla håll och med rak rygg ser det ut varken som hund, människa eller något annat. Det kan inte sluta såhär, jag reser mig, darrig och illamående och tittar varelsen i de döda ögonen för att leta efter min vän. En gyttjig röst bubblar upp från det ruttna gapet och en tass stark som en trädrot tar tag om min arm.

"Det…är…jag…!"

"De som tycker för mycket"
André, biträdande rikspolischef

Lamporna sticker i ögonen, kcamerablixtarna klickar i öronen, jag blir aldrig riktigt förtjust i den här delen av yrket. Konferensrummet är inte litet egentligen, men nu är det omkring femtio personer inträngda här. Den ljusblå skjortan är varmare än vanligt, slipsen spänner åt och jag harklar mig för att få bättre luft. På min vänstra sida står Stockholms regionpolischef, som trivs betydligt bättre i rampljuset och gladeligen svarar på frågor om regionens narkotikaproblematik. På min högra sida står justitieministern, som ogillar pressträffar ännu mer än mig. Varför kan inte detta hållas digitalt, som allt annat nuförtiden?

"Hur jobbar ni just nu med nätverksproblematiken på nationell nivå?" Det tar ett ögonblick innan jag inser att journalistens fråga är ställd till mig.

"Eh ja vi samverkar naturligtvis mellan de olika regionerna, kartlägger fokuspersoner samt arbetar både offensivt och förebyggande tillsammans med andra myndigheter." Jag tar en nervös klunk ur Ramlösa-flaskan, inser själv vilket otroligt intetsägande svar jag just lämnat.

"Kan du ge ett exempel på hur ni arbetar förebyggande då?"

"Kartläggning, som sagt. Dessutom har våra kommunpoliser över landet inlett ett samarbete med lokala grundskolor, för att förhindra nyrekrytering." Jag hoppas att journalisten förstår själv att mer detaljerade frågor behöver ställas till chefer på lokal nivå, så jag slipper säga det rakt ut och verka otrevlig. En annan journalist vänder sig mot ministern och frågar något om hur Justitiedepartementet arbetar med saken, hans svar är minst lika tafatt som mitt. Den varma belysningen gör min ljusblå skjorta mörkblå under armarna, jag sneglar på klockan och inser att det är fem minuter kvar av pressträffen. Chefen till vänster avslutar en längre harang om bedrägeribrott kopplat till gängverksamhet, jag ser fram emot att få detta avklarat och ta mig till ett helt vanligt mötesrum.

"En sista fråga till André Lundin," viftar en kvinna från bakre raden och jag nervösdricker Ramlösa igen, "anser du att polisen har rätt resurser att lösa de här uppdragen, med tanke på den senaste tidens incidenter?" Jag sätter i halsen, vad fan är det här för fråga?

"Vi har ökat myndighetens personalkvot med 30 procent det senaste halvåret, installerat den senaste tekniken i radiobilarna och satsar fortlöpande på kompetensutveckling." Vad vill hon åt, egentligen? "Vilka incidenter syftar du på, om jag får fråga?"

"Mina källor berättar om omfattande problem med polisens radionät, vilket flera gånger lett till bristfällig och rent av utebliven kontakt både mellan patruller och från ledningscentralerna. I region Bergslagen har patruller i underläge varit oförmögna att skicka nödanrop, i Nord har det i vissa fall tagit flera minuter för operatörer att nå ut med omedelbara jobb och i Stockholm kan inte ens simpla lokalsök genomföras då patrullerna tappar kontakt med varandra."

"Radionätet är naturligtvis inte fullkomligt och på NOA arbetar man för fullt med att..."

"Vidare," avbryter journalisten, "ifrågasätter jag kompetenskraven för poliser i yttre tjänst, när det gäller både fysiska metoder och vapenanvändning. Min uppfattning är, att det blir allt vanligare att patruller övermannas vid rutinarbeten, exempelvis bostadsundersökningar, trafikkontroller samt eftersök av försvunna personer." Vad pratar hon om, var har hon fått detta ifrån? "Andelen disciplinärenden har ökat avseende felaktig vapenhantering, senast i västra Stockholm då gärningsmannen sköts med fler skott än vad som varit befogat. Det blir mer och mer vanligt att personer skadas i polisarrest, av personal eller sig själva..." Svett bryter ut i pannan, jag håller andan och stirrar på min Ramlösa. "...och för mig ger detta inte bilden av en stabil polismyndighet med rätt kapacitet att lösa de stora problemen i samhället." Jag går från nervös till förbannad, och tillbaka till nervös på en sekund innan jag bemöter den alldeles för offensiva journalisten.

"Nu är det såhär att enskilda incidenter inte kan representera hela myndighetens verksamhet, vilket jag antar att du förstår. Det är den närmaste chefen som ansvarar för den lokala kärnverksamheten, i vissa fall kan man utreda ifall en särskild problematik inom myndigheten är mer omfattande än bara på lokal nivå. Samtliga chefer för regionerna och lokalpolisområdena håller tät kontakt och i nuläget finns inga tecken på det du beskriver, att dessa 'incidenter' skulle vara omfattande nog att försvaga polismyndighetens förmåga att utföra sitt uppdrag. Tack." Hon ser missnöjd ut med svaret, men det är det enda hon får. Inte kan jag stå och diskutera enskilda fall på en pressträff, som dessutom är på väg att avslutas. Några sista kcamerablixtar slår emot oss när vi lämnar podiet och går vidare ut i den svala korridoren. Jag tar de andra deltagarna i hand och tackar för en god medverkan, även om jag inte är direkt nöjd med min egen, och hastar iväg för att slippa någon efterhängsen reporter. Jag känner dofterna från lunchrestaurangen på entréplan, ser fram emot att sitta där om en timme och småprata med folk som inte ställer besvärliga frågor. Just som jag ska ta mig genom dörren är hon där igen, olustigt nära, sätter sin hand på dörren och stirrar på mig. Jag har svårt att avgöra hennes uppsyn, men det bästa jag kommer på är att hon ser desperat ut.

"Jag är inte klar," säger hon ungefär som att det går att diskutera.

"Pressträffen är avslutad, så jo, du är klar." Vad är det med människan, har hon glömt vem hon pratar med? "Så nu, om du ursäktar…"

"Aspiranten som skadades allvarligt av ett barn i Vällingby? Patrullen som nästan körde in i mötande trafik i Spånga? RLC-operatören som misshandlade kollegor och slog sönder möbler?"

"Jag…förstår inte vad du försöker antyda…"

"Spela inte dum, Lundin!" Jag blir så paff av hennes oförskämdhet att jag inte ens hinner svara. "Bara i Stockholm de senaste veckorna har tre poliser blivit inlagda på sjukhus under tjänsteuppdrag, och ingen av dem har lämnat en vettig förklaring. Det vittnas om attacker från barn, tjänstehundar, till och med kollegor. Där du ser enskilda incidenter ser jag en polisstyrka i kris, oförmögen att verkligen skydda medborgarna."

66

"Vilken tidning sa du att du kommer ifrån?" Jag vinkar till mig en skyddsvakt jag får syn på en bit bort.

"Det här är inte normalt, och det vet du också. Jag släpper inte det här."

"Nej, uppenbarligen inte. Vakten visar dig ut, följ aldrig efter mig igen." Jag tränger mig förbi kvinnan och genom dörren, ignorerar hennes frustrerade läten när vakten motar henne mot utgången. I hissen på väg upp till plan 9 suckar jag djupt och skakar på huvudet. Vad var det med henne, hur vågar hon bete sig sådär? Jag kan inte uttala mig om enskilda fall och polis är inte ett helt riskfritt yrke. Självklart råkar medarbetare illa ut ibland, men hur kan det spegla hela myndighetens kompetens? Kära nån, hoppas hon aldrig visar sig på en pressträff igen. Jag kliver in i min korridor, det är helt tyst. Lunchtid. Jag tar nog fisken idag.

"André!" Min sekreterare Frida ropar glatt från sitt rum när jag går förbi. Hon reser sig och möter mig i dörröppningen. "Jag har akterna du frågade efter igår." Frida räcker över ett antal manilla-kuvert i en prydlig hög.

"Åh tack vad bra, dig kan man lita på." En klar kontrast till journalisten från tidigare. "Jag tar lunch strax, trevlig helg om vi inte ses!" Frida vinkar glatt tillbaka, jag fortsätter till mitt rum som ligger i slutet av korridoren, kliver in och låser dörren. Jag ställer mig vid det stora fönstret och blickar nostalgiskt ut över centrala Stockholm, tänker inte längre på den oförskämda journalisten. Det spelar ingen roll, det kommer alltid att finnas de som tycker för mycket om saker de vet för lite om. Jag visslar förnöjt och vänder mig till arkivskåpet i hörnet av rummet, låser upp, låter blicken vandra över hyllorna med pärmar. Blicken stannar vid en låda i mitten som jag låser upp med en annan nyckel. Jag drar ut den nästan meterlånga lådan, lägger högen med akter på bordet bredvid och tar upp dem en i taget, för att sortera dem i rätt fack. Arne Ekberg och Pontus Wikman hamnar i facket märkt *draugar*, detsamma med hundföraren Hans-Erik och Joakim Friberg som han grep. Familjen Mradic samt aspiranten Andreas lägger jag i facket för *strigoi*, och internutredningen avseende patrullerna på Fagerstagatan i Lunda industriområde och operatören Nikolai sorteras i facket märkt *ghast*. Jag sneglar ut ut rummet och ser att korridoren är tom, tittar tillbaka på lådan där facken fylls alltmer och flinar större än jag vill visa för någon annan. Taklampan blinkar, gardinen fladdrar till och jag välkomnar det kyliga vinddraget.

"Jag vet," viskar jag till skuggan som blir allt större på väggen, "det är min tur nu. Nu skulle rikspolischefen se oss."